Roman

Karl Rühmann

Die Wahrheit, vielleicht

Der Autor und der Verlag bedanken sich für
die großzügige Unterstützung bei

Elisabeth Jenny-Stiftung

Kanton Zürich
Fachstelle Kultur

Stadt Zürich
Kultur

Der Autor dankt der UBS Kulturstiftung
für ihre Unterstützung.

Der rüffer & rub Sachbuchverlag wird vom Bundesamt
für Kultur mit einem Strukturbeitrag für die Jahre
2021–2024 unterstützt.

rüffer & rub literatur

Erste Auflage Frühjahr 2022

info@ruefferundrub.ch | www.ruefferundrub.ch

Bildnachweis Cover, innen: © Julia August | istockphoto.com
Bildnachweis Autorenporträt: © Franz Noser

Schrift: Filo Pro
Druck und Bindung: Livonia Print Ltd., Riga
Papier: Munken print white, 80 g/m², 1.8

ISBN 978-3-907351-00-0

Feymann hielt sich nicht mit langen Erklärungen auf. Er legte die Fälle aus, als wären sie Porzellantassen, umriss mit wenigen Worten den Sachverhalt, nahm die Brille ab und lehnte sich zurück. Nun war es an uns, in scheinbar perfekten Ordnungen, die er vor uns ausgebreitet hatte, nach Widersprüchen zu suchen, in harmonischen Tonfolgen nach Dissonanzen. Wir schauten oft in die falsche Richtung, übersahen die aufschlussreiche Peripherie zugunsten des wertlosen Kerns, verfingen uns in vermeintlichen Kausalketten, griffen dankbar nach jeder noch so oberflächlichen Plausibilität. Feymann hörte stumm zu, manchmal wirkte er gelangweilt, sah zur Decke oder drehte gedankenverloren seinen Kugelschreiber zwischen den Fingern. Wenn er schließlich einschritt, dann energisch, direkt, mit einer Deutlichkeit, die wehtat. Nicht alle kamen damit klar. Manche verloren die Geduld und brachen die Ausbildung ab. Andere machten weiter, allerdings so verunsichert, dass sie unfähig waren, aus ihren Fehlern zu lernen. Einige ließen sich auf offene Konfrontation mit Feymann ein und suchten die Schuld am Misserfolg nicht bei sich, sondern bei ihm. Auch in solchen Fällen blieb Feymann ruhig, hörte sich die Einwände an, nickte gelegentlich und schien ernsthaft über die Kritik nachzudenken. Dann stellte er seine drei Fragen, kurz, präzis, gnadenlos. Es war ein Schwertkampf, Feymann zögerte den entscheidenden Hieb so lange hinaus, bis wir uns wieder in Sicherheit wiegten. Zu spät ging uns auf, dass auch das ein Teil des Auswahlprozesses war.

Wenn Feymann zufrieden war, nickte er. Selten murmelte er »gute Arbeit«; wem das zuteilwurde, der gab am Abend eine Runde aus. Weniger wichtige Verhöre ließ er uns selbständig führen, er mischte sich auch dann nicht ein, wenn wir Fehler machten, der Verdächtige verstockt und der Zeuge misstrauisch wurde. Schwierigere Fälle übernahm Feymann selbst. Wir durften zuschauen und ihm hinterher Fragen stellen, allerdings nur eine pro Person. Darum sprachen wir uns im Voraus ab, mutmaßten, welche Fragen sinnvoll und welche überflüssig wären, dann verteilten wir sie auf alle Mitglieder der Gruppe. Erst viel später verstanden wir, dass auch diese Absprachen, auf die wir uns einiges einbildeten, zu Feymanns Plan und somit zu unserer Ausbildung gehörten.

Alles, was Feymann tat, sagte oder verschwieg, gehörte zum Assessment, war ein Punkt auf der Auslegeordnung. Wer sich dagegenstemmte, wurde gnadenlos aussortiert. Ich stemmte mich nicht dagegen, sondern nahm mir vor, zunächst den Kampf gegen mich selbst zu gewinnen und mich erst dann Feymann zu stellen. Vielleicht war er der Einzige, der merkte, dass auch ich einen Plan hatte.

¶

Nach der Handelsschule wollte meine Mutter das Abitur nachholen und Literatur studieren. Sie malte sich aus, wie sie mit belesenen Menschen über Bücher diskutieren und selbst welche schreiben würde. Auch wollte sie reisen und Sprachen lernen. Es waren die frühen 1970er, die Welt war eine Baustelle, das Werkzeug schien überall herumzuliegen. Doch dann setzte sie sich eines Abends im Kino in die falsche Reihe. Sie zeigten »Cagliostro«, meine Mutter liebte Curd Jürgens. Der Mann, dessen Platz sie irrtümlich besetzt hatte, flüsterte, sie solle doch sitzen bleiben, er werde sich anderswo hinsetzen. Nach der Vorstellung trafen sie sich beim Ausgang, sie bedankte sich, er lud sie auf ein Glas Wein ein, bot ihr das Du an und sagte, er heiße Erik. Ihr gefiel seine Förmlichkeit, die Erinnerung an den charmanten Filmgrafen war noch frisch. Sie sagte, auch ihr Name fange mit einem E an und habe vier Buchstaben, Erik solle raten. Er gab rasch auf, sie spottete über seine geringe Ausdauer und errötete ob der unabsichtlichen Zweideutigkeit. Sie sei Elsa, fügte sie eilig hinzu. Elsa, nicht Elisa, wie schlechte Zuhörer immer wieder meinten.

Erik war 13 Jahre älter und sah gut aus, hatte Manieren und redete nicht den ganzen Abend von sich, sondern stellte viele gute Fragen. Das gefiel Elsa so sehr, dass sie über seine beiden Makel hinwegsah: seinen, wie sie fand, wenig attraktiven Beruf, Erik war Sportlehrer an einem Zürcher Gymnasium, und den Umstand, dass er, obwohl seine Eltern aus den Niederlanden stammten, nicht perfekt Niederländisch sprach. Elsa Landero de Alba konnte nicht verstehen, warum er sich so fahrlässig die Chance hatte entgehen lassen, eine zweite Muttersprache zu erwerben. Ihr Vater hatte mit ihr nur Spanisch gesprochen, ihre Mutter nur Deutsch, sie war in zwei Welten groß geworden, und das mache süchtig nach mehr.

Sie hatte eine Liste mit Sprachen erstellt, die sie in einer festgeschriebenen Reihenfolge erlernen wollte: Ganz oben stand Schwedisch, die Nummer 2 war Russisch. Danach wollte sie sich gleichzeitig Hebräisch und Arabisch vorknöpfen, das wäre ihr Beitrag zur Lösung der Nahostkrise gewesen, erzählte sie später, und ich war mir nicht sicher, ob dies wirklich nur als Scherz gedacht war. Danach wären Ungarisch und Japanisch dazugekommen, möglicherweise auch Serbokroatisch, wie die Sprache damals noch hieß. Mit mir sprach sie immer Spanisch, selbst dann, wenn Deutsch praktischer gewesen wäre, etwa bei Elterngesprächen, in Anwesenheit der Klassenlehrerin und der Schulleiterin. Spanisch war unser Geheimnis, es war, als hätten meine Mutter und ich die Köpfe zusammengesteckt, ohne dass es jemand merkte.

Sie sprach es nie aus, aber ich vermute, dass sie die Schuld am Scheitern ihrer großen Pläne nicht nur meinem Vater, sondern auch mir gab. Vielleicht warf sie mir im Stillen sogar die immer noch offene Nahostfrage vor. »Unsinn«, protestierte sie, wenn ich sie viele Jahre später in ihren klareren Momenten darauf ansprach. »Du konntest nichts dafür. Außerdem wollte ich dich ja.«

»Sicher?«, hakte ich nur halb im Scherz nach.

»Sicher. Aber nicht schon mit einundzwanzig.«

¶

Ich bin stets pünktlich. Ich gehe rechtzeitig los, gleiche geringfügige Verzögerungen oder Zeiteinsparungen mit meinem Gehtempo aus, plane auch das Warten an den Ampeln oder vor dem Aufzug mit ein, trete exakt drei Minuten vor Einsatzbeginn an den Empfang. »Felipe ten Holt, der Dolmetscher«, sage ich, halte meinen Ausweis hoch und nenne den Namen der Person, die den Auftrag ausgelöst hat. Während ich auf die Überprüfung meiner Angaben warte, sehe ich mich ohne Interesse um. Das Angebot, kurz im Zimmer nebenan Platz zu nehmen, die zuständige Person werde gleich da sein, quittiere ich mit einem Nicken.

Der Klient ist in der Regel schon da: angespannt, neugierig, aber nicht mutig genug, mich anzusprechen und zu fragen, ob ich seinetwegen da sei. Ich setze mich in die entgegengesetzte Ecke des Warteraums und zeige, dass ich an einem Gespräch nicht interessiert bin. Falls vorhanden, greife ich mir eine Zeitung vom Tisch und schlage die zweite Seite auf,

so als möchte ich wirklich lesen. Sekunden später taucht die zuständige Person auf, lässt ihren Blick von dem Klienten zu mir und zurück wandern, geht forsch auf den Klienten zu, grüßt, dreht sich zu mir um, lächelt verbindlich. Ich falte langsam die Zeitung zusammen, stehe auf, drücke kurz die entgegengestreckte Hand, folge ins Besprechungszimmer. Wenn möglich, setze ich mich an die schmale Tischseite, erkläre dem Klienten in seiner Sprache, dass ich für ihn dolmetschen werde, und versichere ihm, dass auch ich dem Amtsgeheimnis unterliege. Dann lehne ich mich zurück und gebe der zuständigen Person ein Zeichen. Es kann losgehen.

Ich bin pünktlich. Und ja, ich tue meine Arbeit verlässlich, präzis, schnell. Dabei ist es von keinerlei Belang, ob wir alle am selben Tisch sitzen oder ob sie mir eine Kabine und ein Paar Kopfhörer zur Verfügung stellen. Ich gebe wieder, was gesagt worden ist, das muss reichen.

¶

Wenn ich einen Auftrag angenommen habe, schickt mir die Vermittlungsstelle den Namen der Kontaktperson und ein paar Stichworte: Anzahl der Beteiligten, Gesprächsthema, eventuell eine kurze Hintergrundinformation. Eine Vorbereitung ist weder möglich noch nötig noch erwünscht. Das Letztgenannte ist nur eine Vermutung, allerdings durch viele kleine Hinweise erhärtet. Das kommt mir entgegen, ich will nicht wissen, mit wem ich es zu tun habe, das führt im besten Fall zu Voreingenommenheit, im schlimmsten zu einem Anflug von emotionalem Engagement. Ich will mich nicht engagieren, nicht im Voraus und nicht im Nachhinein. Ich will kein Verständnis, mir reicht die Verständigung.

Es kommt durchaus vor, dass mich ein Gespräch oder eine Vernehmung, früher sagte man Verhör, hinterher beschäftigt. Das ist lästig wie Fieberbläschen oder Ohrensausen. Wer den Vergleich kaltherzig findet, versteht meine Arbeit nicht. Die meisten Menschen tun das nicht, damit muss ich leben. Die Leute denken, dass wir kulturelle Brücken bauen oder mentalitätsbedingte Hürden überwinden helfen. Alles Unsinn und hohle Theorie, erdacht von Ahnungslosen, genährt von jenen, die unsere Arbeit über ihrem Wert verkaufen müssen.

¶

Ich nannte meinen Vater Pappie, und auch heute, nach so vielen Jahren, ist dieses Wort das einzige, das zu meinen spärlichen Erinnerungen an ihn passt. Das Wenige, was mir im Gedächtnis geblieben ist, vermischt sich mit späteren Gerüchten oder Einbildungen. Was ich weiß: Pappie war groß, hatte hellbraune Haare und dunkelbraune Augen. Er redete nicht viel, und selbst wenn meine Mutter und er sich stritten, beschränkte er sich auf ein leises »Nein, nein, das stimmt so nicht«, oder ein »Sag das bitte nicht«. Mit mir sprach er in einer Mischung aus Niederländisch und Deutsch. Ich gab mir Mühe, auf Niederländisch zu antworten, wohl in der Hoffnung, dass sich das Gespräch dann hinziehen würde. Leider reichten meine Kenntnisse nicht weit, ich musste nach ein paar gestammelten Sätzen ins Deutsche wechseln.

Mein Vater erzählte mir selten Geschichten, und wenn doch, dann waren sie sehr kurz und seltsam. Eine handelte von seinem Großvater, der in einem Baumhaus lebte und die Sprache der Vögel verstand. Eine andere von seiner Tante Lieke und ihrem Kater Rembrandt, der ihr im Haus des berühmten Malers zugelaufen war und den sie für dessen Reinkarnation hielt. Wenn ich längere und gewöhnlichere Geschichten hören wollte, musste ich mich an meine Mutter wenden. Sie liebte Märchen, schwärmte von Hans Christian Andersen und erzählte mir oft vom hässlichen Entlein.

Pappie nahm mich oft auf seine Fahrradausflüge mit. Mein Sitz war vorne auf dem Oberrohr, das war damals, Anfang der 1980er-Jahre, durchaus üblich. Ich umfasste mit meinen kleinen Händen die Lenkstange und stellte mir vor, dass auch ich ein wenig steuern würde. Bevor wir losfuhren, küsste er mich auf den Hinterkopf und sagte jedes Mal: »Zo jochie, stappen we op!« Wir fuhren schnell, aber ich kann mich nicht erinnern, jemals Angst verspürt zu haben. Es war leicht, sich bei meinem Vater sicher zu fühlen, seine Ruhe war ansteckend. Wenn wir spazieren gingen, durfte ich auf seinen Schultern sitzen. Das war der Gipfel der Welt, ich war mir sogar sicher, dass ich dort ein anderes, besseres Wetter hatte als unten am Boden. Ich möchte heute noch glauben, dass es tatsächlich so war.

¶

FEYMANN

- **Der Einstieg war nicht optimal, ten Holt.**
- **Warum? Ich habe den Beschuldigten aufgefordert, alles zu erzählen.**
- **Ja. Aber von Anfang an.**
- **Warum ist das falsch?**
- **Weil die Aufforderung zu einem chronologischen Bericht das Gedächtnis hemmt.**
- **Ich verstehe nicht.**
- **Der Beschuldigte soll in der ersten Phase frei erzählen.**
- **Schränkt die Chronologie die Freiheit ein?**
- **Wir sind nicht nur am Inhalt interessiert, sondern auch an Assoziationen. Die Reihenfolge gibt Aufschluss über die Rangordnung.**
- **Und die Rangordnung ...**
- **... gibt Aufschluss über die Einstellung zur Tat.**

¶

Einmal reisten wir alle zusammen für ein paar Tage nach Amsterdam. Ich muss sechs oder sieben Jahre alt gewesen sein. Der Flug war unruhig, das Flugzeug holperte wie ein Bus über eine Straße voller Schlaglöcher. Ich schaute aus dem Fenster und getraute mich nicht, den Blick vom Flügel zu nehmen, denn ich hatte mir eingeredet, dass er sonst abbrechen würde. Ich drehte mich nicht einmal um, als die Flugbegleiterin fragte, was ich trinken möchte. »Eine Cola«, sagte ich, die Nase immer noch fest ans Fenster gedrückt. Meine Mutter wurde ärgerlich und befahl mir, mich anständig hinzusetzen und höflich zu sein. Sie hätte nicht verstanden, dass ich für unsere Sicherheit sorgte, und so musste ich ihren Zorn über mich ergehen lassen. Sie schimpfte laut, ich sei doch langsam groß genug und müsste mich benehmen können. Da neigte sich Pappie zu mir, schaute mit mir aus dem Fenster und flüsterte mir zu, dass die Flügel schon nicht abbrechen würden. Und wenn doch, würden sofort neue nachwachsen, wie der Schwanz einer Eidechse.

»Woher weißt du das?«, flüsterte ich. Er zwinkerte mir zu und sagte: »Dat is een geheimpje!« Ich hoffte auf weitere Geheimnisse, aber als ich mich nach Pappie umsah, hatte er sich zurückgelehnt und die Augen geschlossen, als hätte ihn der Geheimnisaustausch angestrengt.

In Amsterdam sahen wir einen schwimmenden Blumenmarkt, unzählige Radfahrer und ein Haus, das so schmal war, dass ich es beinahe umfassen konnte. Ich erinnere mich auch an einen schlimmen Streit zwischen meiner Mutter und Pappie. Meine Mutter schimpfte und fuchtelte mit den Armen. Pappie schwieg und blieb auch dann still, als meine Mutter mich anschrie, ich solle nicht so blöd glotzen. Ich redete mir ein, dass er mir sicher mit noch einem Geheimpje beistehen wollte, dass aber sein Spanisch nicht gut genug war und er nicht verstand, warum meine Mutter mit mir schimpfte.

¶

Manchmal mache ich hinterher einen Spaziergang. Nach einfachen Einsätzen dauert er kurz, nach schwierigen länger. Wenn ich zu viel Nähe zugelassen habe, kaufe ich mir in der Buchhandlung am Bahnhof einen Krimi. Die erste Seite lese ich gleich in der Straßenbahn. Wenn mir der Anfang nicht gefällt, lasse ich das Buch liegen. Natürlich könnte ich es vor dem Kauf anlesen, aber ich will einen kleinen Beitrag zur Spannung leisten. Mittlerweile besitze ich eine ansehnliche Krimisammlung.

¶

Im Sport war ich eine Niete. Wenn wir Fußball spielten, bekam ich selten den Ball, und wenn doch, verlor ich ihn gleich wieder an einen Gegenspieler, manchmal sogar an einen Spieler aus dem eigenen Team. Beim Basketball war es ähnlich, ich kam kaum je dazu, den Ball in Richtung Korb zu werfen. Überhaupt rannte ich zu langsam, sprang zu wenig hoch und warf zu wenig weit. Frau Barthol, unsere Lehrerin, schüttelte immer wieder den Kopf und seufzte. Ich fand das nicht weiter schlimm, es lag mir wenig an Frau Barthols Zustimmung, geschweige denn Zuneigung, und zum Glück ließen mich die anderen Kinder aus meiner Klasse in Ruhe. Vielleicht hänselten sie mich nur darum nicht, weil auch sie Frau Barthol nicht mochten und die gemeinsame Abneigung gegen die Lehrerin stärker war als die Versuchung, mich für meine Schwäche zu verhöhnen.

Wenn Pappie über meine Einstellung zum Sport und den Mangel an jeglicher Begabung frustriert war, so zeigte er es nicht. Er selbst war sehr sportlich, hatte in seiner Jugend Handball und Volleyball gespielt, später auch Fußball, er hatte den schwarzen Gurt in Judo und nahm jedes Jahr am Marathon in Berlin und Apeldoorn teil. Auch unternahm er mehrmals im Jahr ausgedehnte Radtouren. Meiner Mutter schien mein Desinteresse am Sport weitaus mehr auszumachen als Pappie, und seltsamerweise warf sie es eher ihm als mir vor. Ihrer Ansicht nach hätte er als Sportlehrer etwas unternehmen müssen, wenn nötig gegen meinen Willen. Er ging solchen Streitereien nach Möglichkeit aus dem Weg, und wenn ihre Vorwürfe doch zu laut wurden, zwinkerte er mir heimlich zu oder schnitt Grimassen, bis auch ich schmunzeln musste. Meine Mutter konnte in solchen Momenten sehr wütend werden, sie schrie, es sei am einfachsten, sich über sie lustig zu machen, er überlasse ja alles ihr, alles, sie trage alleine die ganze Verantwortung. Hin und wieder überlegte ich, ob es weniger Streit gäbe, wenn ich Pappie bitten würde, mit mir irgendeine Sportart zu trainieren oder mich zu einem Kurs in Schwimmen, Judo oder Tennis anzumelden. Aber dann behielt ich es doch für mich. Vielleicht befürchtete ich insgeheim, dass ich ihn hinterher nur enttäuschen und alles noch schlimmer machen würde.

¶

Das Wartezimmer ist trist, das wenige Wasser im Wasserspender voller Luftbläschen, die Zeitschriften auf dem zu niedrigen Tisch sind von vielen Händen achtlos und ungeduldig durchgeblättert worden. Die Psychiaterin verspätet sich, die Frau vom Empfang, klein, fahrig, hat sich bereits zweimal übellaunig entschuldigt. Sie bittet mich, noch eine Viertelstunde zu warten, der Patient sei auch noch nicht da. Vielleicht habe der sich verlaufen, mutmaßt sie, schließlich sei er erst seit einer Woche im Durchgangsheim, und dieses befinde sich nun einmal am anderen Ende der Stadt. Ich nicke, lehne mich zurück und schlage die Beine übereinander, zeige weder Ärger noch Verständnis.

Die Frau hastet zurück, jemand hatte an der Eingangstür geläutet, der Türöffner summt. Kurz da-

rauf Stimmen, dann Schritte. Die Frau vom Empfang ist wieder da, sie steht im Türrahmen, hüpft zur Seite, um einen groß gewachsenen Mann ins Wartezimmer vorbeizulassen. Er geht leicht gebeugt, seine Arme hängen wie angenäht herab, die schwarze Jacke ist ihm mindestens zwei Nummern zu klein. Die Empfangsfrau zeigt auf einen Stuhl, der Mann setzt sich, blickt sich nervös um, murmelt einen Gruß. Die Frau geht, ich erkläre kurz, ich sei sein Dolmetscher und nein, er brauche sich nicht zu entschuldigen. Er zählt trotzdem auf, was alles schiefgelaufen und warum er in die falsche Straßenbahn eingestiegen war. Ich wiederhole, dass alles o.k. sei; dann schweigen wir. Er nimmt eine Zeitschrift vom Tisch, blättert sie rasch durch, aus dem Augenwinkel sehe ich, dass sein Blick an einem Sportwagen mit offenem Verdeck hängen bleibt, hinter dem Steuerrad winkt eine Frau im Bikini.

Um mir die Zeit zu vertreiben, versuche ich herauszufinden, was ihn mehr interessiert: das Auto oder die Frau. Er bemüht sich, den Text unter dem Foto zu entziffern, hält es so weit von sich wie möglich, blättert eine Seite vor und eine zurück, dann nickt er kurz. Es ist das Auto, rate ich und warte auf seine Bestätigung.

»Corvette«, sagt er plötzlich und hält mir das Bild hin. »Model Z06.«

Er missdeutet mein Lächeln als Einladung, mehr über das Auto zu erzählen.

»Baujahr 2006. 500 PS. Was für ein Schlitten!«

»Haben Sie so einen gefahren?«

»Nein, das nicht.« Er lächelt versonnen. »Aber andere schöne Autos. Am längsten einen Mercedes, S-Klasse.«

»Nicht schlecht«, sage ich.

»Leider gehörte der nicht mir, ich war nur der Fahrer. Also eigentlich der Leibwächter.«

»Wen haben Sie beschützt?«

»Oh, den kennst du nicht«, sagt er und grinst freudlos. »Aber ich sage dir, der war mächtig, der Chef.«

Er schaut zur Decke, schüttelt den Kopf, als möchte er, dass die Erinnerungen an den richtigen Ort rollen.

»War er reich und dann mächtig? Oder mächtig und dann reich?«, frage ich. Er sieht mich verwirrt an. Dann entspannt er sich und lacht.

»Die schlimmere Variante«, sagt er, schüttelt wieder den Kopf, legt die Zeitschrift zurück, streckt sich. Plötzlich wird er ernst, setzt sich gerade, blickt sich nervös um, wippt vor und zurück.

»Ist dieser Raum verwanzt?«, flüstert er. »Mikrofone? Kamera?« Ich schüttle den Kopf. Der Mann verschränkt die Arme vor der Brust und löst sie gleich wieder, springt auf, macht ein paar Schritte durch den Raum, atmet hörbar, steckt den Kopf durch die Tür, späht links und rechts, kommt zurück, setzt sich neben mich.

»Sie haben mich vor zwei Wochen entlassen, weißt du. Aus dem Knast«, flüstert er.

»Wie lange hast du gesessen?«

»Acht Jahre, und ich hätte noch zehn weitere sitzen sollen.«

Ich schweige, er braucht nun keine Fragen mehr.

»Sie wollten damals, dass ich etwas tue, eine schlimme Sache, aber ich habe abgelehnt, ich sagte, das mach ich nicht, für kein Geld dieser Welt. Da haben sie mich eingesperrt. Und als ich im Knast war, kamen sie immer wieder und fragten, ob ich nun bereit sei. Ich sagte, nein, ich will nicht. Aber dann ... verstehst du, dann dachte ich, Mann, noch zehn Jahre, das ist lang, das halte ich nicht durch.«

»Und dann hast du es getan?«

»Dann habe ich es getan. Nach acht Jahren hatten sie mich so weit.«

Schritte im Gang, eine Frau in Jeans und Pullover steht im Türrahmen, sie ist jung und hat wuschelige Haare, sagt, sie sei die Ärztin und sie entschuldige sich wegen der Verspätung. Den Namen des Patienten spricht sie gerade noch verständlich aus. Er steht auf, grüßt, will auf sie zugehen, bleibt mit hängenden Armen unsicher stehen, blickt sich zu mir um, wartet.

Ich stehe auch auf und nicke der Ärztin zu. »Felipe ten Holt, der Dolmetscher«, sage ich und zeige meinen Ausweis. Die Ärztin lächelt erleichtert und bittet uns, ihr ins Behandlungszimmer zu folgen.

Ich lasse dem Mann den Vortritt und sehe, dass er zittert. Er selbst hat es noch nicht bemerkt und zu verbergen versucht. Als wir im Zimmer Platz nehmen, tue ich ihm den Gefallen und schaue weg. Die Ärztin wartet, bis ich mit meinem Spruch vom Amtsgeheimnis fertig bin, dann fragt sie den Mann, ob er mich verstehe. Er nickt eifrig, wirkt verunsichert. Sie bemerkt es und erklärt, es könnte ja sein, dass wir unterschiedliche Dialekte sprechen würden, man könne nie wissen. Der Mann lacht und bekräftigt, er verstehe mich sehr gut.

»Wie geht es Ihnen?«, fragt die Ärztin.

»Alles gut. Nur …« Er schaut auf seine Hände, die er flach auf den Tisch gelegt hat.

»Können Sie schlafen? Schlafen Sie schnell ein?«

Er wirkt verwirrt, offenbar hat er andere Fragen erwartet. Statt zu antworten, schaut er zu mir herüber und hofft auf ein Zeichen, ob ihn die Ärztin in eine Falle locken will.

»Schläfst du schnell ein?«, wiederhole ich die Frage und versuche, beiläufig zu klingen.

»Im Traum kommen mir Bilder. Schlimme Bilder. Darum will ich nicht einschlafen«, sagt er leise und senkt den Kopf. Die Ärztin geht nicht weiter auf die Träume ein, sondern fragt nach den Medikamenten und ob er eine Liste dabeihabe. Hat er nicht, dafür schüttet er eine kleine Einkaufstüte auf dem Tisch aus. Die Ärztin kontrolliert die Packungen, notiert sich die Namen, zeichnet um einen von ihnen einen Kreis. Der Mann zeigt auf ein Medikament und möchte etwas erklären, aber die Ärztin wartet meine Übersetzung nicht ab. Sie fragt nach dem Tagesablauf des Patienten. Ich übersetze nahezu simultan, so muss ich mir nichts merken, seine Aufzählung ist monoton. Offenbar erwartet er aus dieser Frage weder Vor- noch Nachteile und strengt sich nicht an. Erst als er sieht, dass die Ärztin sich sehr viele Notizen macht, blickt er irritiert zu mir herüber.

Ich versuche, das Zusammenfügen der Puzzleteilchen aufzugeben, das ich im Warteraum gegen meinen Willen aufgenommen hatte. Das ist bei diesem Mann nicht einfach, er ist ein interessanter Fall. Er sagt die Wahrheit, wenn auch nicht jene Art von Wahrheit, die sich die Ärztin wünscht. Sie spricht langsam und überdeutlich, als hoffte sie, dass er sie doch noch ohne mich verstehen kann. Wie würde die Ärztin reagieren, wenn sie wüsste, warum er das Gefängnis schließlich verlassen durfte? Würde sie seine Geschichte glauben? Was würde sie ihm schwerer anlasten: die Wahrheit oder die Lüge?

¶

Meine Mutter interessierte sich nicht für Sport und schüttelte verständnislos den Kopf, wenn Pappie und ich uns mit Popcorn und Chips vor den Fernseher setzten, um Fußball zu schauen. Es lief die Europameisterschaft in Frankreich. Weder die Schweiz noch die Niederlande waren dabei, und so beschlossen wir, die Spanier zu unterstützen. Die spielten dann auch gut, gewannen ein Spiel nach dem anderen und standen wenig überraschend im Endspiel. Irgendwie schafften es Pappie und ich, meine Mutter zu überreden, mit uns das entscheidende Spiel gegen den Gastgeber Frankreich zu schauen. Zunächst mussten wir ihr erklären, wozu die Gelbe Karte gut war und warum die Spieler so oft hinfielen, dann wunderte sie sich darüber, dass man einen Spieler auswechseln konnte, wenn bei ihm »die Luft draußen war«, wie sich der Kommentator ausdrückte. »Wie das Ersatzrad am Auto«, sagte sie und fand die Regel doof. Pappie und ich tauschten Blicke aus und schmunzelten, worauf sie auch uns doof fand. Leider verlor Spanien 0:2, meine Mutter schimpfte über den spanischen Torwart und den tschechischen Schiedsrichter und die französischen Fans und dann natürlich auch über Pappie und mich, weil wir für ihren Geschmack zu leise schimpften. Wir versprachen ihr, bei der Weltmeisterschaft in zwei Jahren über die spanische Niederlage umso lauter zu schimpfen. Das fand sie auch nicht gut und nannte uns »imbéciles«.

Es war der letzte lustige Abend mit Pappie, an den ich mich erinnern kann.

¶

Damals, bei Feymann, zog ich mich in schwierigen Stunden zurück und hörte Musik. Mendelssohn, Dvořák, bei besonders schlimmen Zweifeln Beethovens »Pastorale«. Das tue ich heute seltener. Nach aufwändigen Einsätzen gehe ich stattdessen ins Kunsthaus und setze mich vor das »Bildnis einer jungen Frau« von Johannes Cornelisz Verspronck. Ich betrachte das Bild, bis sich jene Vertrautheit einstellt, die mich, als ich an einem verregneten Abend das Gemälde zum ersten Mal sah, zunächst aufwühlte, aber nach einer Weile auf eine seltsame Art beruhigte. Das ist lange her; doch das Gefühl von Nähe zu dieser jungen Frau aus dem 17. Jahrhundert ist geblieben. Ist es ihr Blick, ein wenig spöttisch, beinahe heiter, mal offen, mal geheimnisvoll, je nach Perspektive und Stimmung? Sie schielt leicht, ihr linkes Auge ist zur Seite gerutscht, nicht zu auffällig, doch deutlich genug für einen Anflug von Mitgefühl. Oder sind es ihre hellrot geschminkten Lippen, die mit mäßigem Erfolg ein Lächeln versuchen? Das Rosa ihrer Wangen lehnt sich lustlos gegen die Blässe auf, die Haut unter ihrem Kinn wird bald den Kampf gegen die Schwerkraft verlieren. Die dünnen Haare sind nach hinten gekämmt und werden von einem perlenbesetzten Reif festgehalten, sie geben eine hohe, blasse Stirn frei. Auch um den Hals trägt sie Perlen, aber das Halsband ist eng und vermutlich unbequem. Ihr graues Kleid ist schlicht, nur der helle Spitzenumhang auf ihren Schultern und die weni-

gen goldfarbenen Bänder an den Ärmeln heben sich gegen die Melancholie ab.

Sie ist Mona Lisas reizlose Schwester. Ich möchte meine schattigen Stunden mit niemandem lieber verbringen.

¶

Ich erinnere mich gut an den Tag, der alles verändern sollte. Es muss warm gewesen sein, die Fenster im Schulzimmer standen offen. Frau Barthol begann noch vor dem Unterrichtsende eins nach dem anderen zuzuknallen. Sie hatte schlechte Laune und schimpfte lauter als sonst. Dann sagte sie, wir können nun nach Hause gehen, sie habe gleich eine Sitzung. Als ich aufstand, um meine Bücher und Hefte in die Tasche zu schieben, blickte sie zu mir herüber. Das verunsicherte mich. Ich überlegte, ob ich vielleicht zu früh aufgestanden war. Aber dann sah ich, dass auch alle anderen Kinder ihre Bücher in die Taschen stopften, und ich dachte mir nichts weiter dabei.

Wahrscheinlich nahm ich den Umweg durch den Park, das tat ich oft, wenn ich es nicht eilig hatte. Ich erwartete nicht, dass meine Eltern um diese Zeit da sein würden. Doch als ich nach Hause kam, war meine Mutter da. Ihre Augen waren gerötet, auf dem kleinen Tisch neben dem Sofa lagen zerknüllte Papiertaschentücher. Sie nahm mich kurz in den Arm, klaubte ein Taschentuch aus der

Packung und drückte es sich unter die Nase. Dann setzte sie sich an den Tisch und schloss die Augen. Ich fragte, was los sei und wo denn Pappie bleibe.

»Felipe, dein Vater kommt heute nicht nach Hause. Es ist etwas passiert.«

Ich erschrak und fragte, ob er einen Unfall hatte.

»Nein, keinen Unfall«, sagte sie. »Er hat sich gegenüber einer Schülerin schlecht benommen. Nun muss er sich dafür verantworten.«

Ich verstand nicht. Hat er mit einem Mädchen grundlos geschimpft oder sie vielleicht sogar an den Haaren gezogen? Sie geschlagen? Mein Pappie? Das war seltsam, Pappie schimpfte nie, und dass er jemandem wehtun konnte, glaubte ich erst recht nicht. Ich fragte meine Mutter, wie er sich nun verantworten würde und ob er das nicht von zu Hause aus könnte. Aber sie sagte, man habe ihn verhaftet, viel mehr wisse sie nicht.

»Verhaftet? Du meinst, die Polizei und so?«, fragte ich. »Was hat er getan?«

»Er hat das Mädchen bedrängt. Wie es ein Lehrer nie tun darf.«

Also hat er sie doch zumindest an den Haaren gezogen. Das war falsch, das leuchtete mir ein. Frau Barthol ärgerte sich oft über uns, und manchmal schimpfte sie laut. Aber sie hätte nie jemandem von uns wehgetan. Ich erinnere mich nicht, was meine Mutter noch erzählt hat, der Rest des Abends ist in dichten Nebel gehüllt. Schließlich muss sie mich ins Bett geschickt haben. Ich weiß nur noch, dass ich lange wach lag und mir Pappie im Gefängnis vorstellte, hinter Gittern, auf einer Pritsche, während der Sheriff oder Louis de Funès grinsend mit dem Schlüsselbund spielte. Normalerweise wäre das lustig gewesen, aber nun machte es mir Angst. Das muss ein Missverständnis sein, sagte ich mir immer wieder. Bald wird sich alles klären, und dann kommt Pappie wieder nach Hause, und wir machen einen Radausflug an einen Ort, an dem wir noch nie waren.

¶

Der Psychiater spricht, ohne auch nur einmal Luft zu holen, der Patient schaut ratlos zu mir herüber und ist unschlüssig, ob der Redeschwall zur Untersuchung gehört. Ich hebe die Hand und bitte den Psychiater, mir die Möglichkeit zur Übersetzung zu geben. Er erklärt wortreich, das sei doch ganz selbstverständlich. Dann spricht er unbeirrt weiter, schaut auf seinen Computerbildschirm, sagt immer wieder, dass er die Fragen nicht aus Neugier, sondern aus beruflicher Pflicht stellen müsse. Der Patient und ich tauschen einen Blick, ich deute ein Schulterzucken an, er versteht und findet sich ab.

Die wenigen und knappen Antworten, die der Patient zwischen die Fragen schieben kann, werden wohl reichen, er wird seine Medikamente und auch seine Bescheinigung bekommen. Nach der Unter-

suchung trödle ich mit dem Packen meiner Tasche und mit der Unterschrift, ich möchte dem Mann nicht im Treppenhaus erklären müssen, was soeben passiert ist.

¶

FEYMANN

- Du sollst freundlich zu ihm sein, ten Holt.
- Er hat Sprengstoff in Tierkadavern am Straßenrand versteckt und Menschen getötet.
- Er streitet die Tat ab. Du willst die Wahrheit.
- Und darum soll ich freundlich sein?
- Einen freundlichen Menschen anzulügen ist schwierig.
- Aber möglich.
- Es kostet mehr Kraft.
- Er hat viel davon.
- Dann setz ihm stärker zu.
- Soll ich forscher auftreten?
- Freundlicher.
- Freundlicher?
- Erzähl ihm etwas Persönliches.
- Etwas Wahres?
- Natürlich nicht, ten Holt. Etwas, was du für wahr halten möchtest.

¶

Am nächsten Tag holte mich meine Mutter vor der Schule ab und sagte, wir hätten eine Sitzung bei einer Psychologin. Ich fragte, was das sei, eine Psychologin, und warum wir zu ihr mussten. Meine Mutter sagte, eine Psychologin sei sehr gut darin herauszufinden, wie es einem gehe. Ich fand das seltsam, man wusste doch am besten selbst, wie es einem geht, dachte ich. Aber ich war neugierig genug zu erfahren, wie es meiner Mutter und mir ging, und so freute ich mich auf die Sitzung.

Wir meldeten uns am Empfang und mussten kurz warten. Die Psychologin war eine streng aussehende, große Frau mit Brille und zurückgekämmtem Haar. Ihr Blick hinter den dicken Brillengläsern passte nicht zu ihrem Lächeln. Ich fragte mich, ob das meiner Mutter auch aufgefallen war. Aber sie schaute nicht zu mir herunter, sondern nahm mich an der Hand und zog mich mit ins Büro.

Die strenge Frau fragte meine Mutter, wie es nun zu Hause sei und ob wir miteinander darüber reden würden, wie es uns gehe. Ich sah überrascht zu meiner Mutter hoch. Sie erwiderte den Blick nicht, aber sie drückte kurz meinen Unterarm, das war deutlich genug. Ich fragte mich, ob die strenge Frau Spanisch konnte. Wenn nicht, könnten wir ja offen miteinander reden. Vermutlich grinste ich, denn die strenge Frau fragte, ob ich an etwas Lustiges denken würde. »Ja«, sagte ich. »An meine Tante Lieke und ihren Hund Rembrandt.« Meine Mutter verdrehte die Augen, die strenge Frau machte eine Notiz in ihr Heft. Dann musste meine Mutter gehen und im Wartezimmer auf mich warten. Die strenge Frau wollte alleine mit mir reden. Sie fragte, ob mein Vater anders war, wenn wir alleine waren, was für Spiele er mit mir oder mit meinen Freunden gespielt, ob er mich oft auf den Schoß genommen habe. »Nein. Aber auf die Schultern. Das ist sehr schön«, sagte ich und wollte Pappie verteidigen, auch wenn ich nicht wusste, wogegen. Die Frau schrieb wieder etwas in ihr Heft. Ich erinnere mich, wie ich vergeblich versuchte, ihre Schrift verkehrt herum zu entziffern. Immerhin konnte ich erkennen, dass sie ein Wort zweimal unterstrichen hatte.

¶

Nach ein paar Tagen kam Pappie nach Hause. Er sah anders aus: blass, mit dunklen Ringen unter den Augen, ungekämmt. Ich dachte, dass er mich gleich umarmen und dann auf seine Schultern setzen würde. Dann würde ich ihm von der strengen Frau erzählen und ihn fragen, warum er mit dem Mädchen geschimpft hatte und ob Frau Barthol auch ins Gefängnis müsste, wenn sie mit uns schimpfte. Doch Pappie ging stumm an mir vorbei und setzte sich an den Esstisch. Meine Mutter blieb in der Tür stehen. Ich weiß nicht, wer zuerst sprach, aber bald wurde es laut. Meine Mutter schluchzte und zeigte auf mich, Pappie schüttelte müde den Kopf und sagte immer wieder »Nein, nein, das ist nicht wahr«. Ich fragte auf Spanisch, warum sie sich stritten, aber meine Mutter beachtete mich nicht. Dann hielt ich den Lärm nicht länger aus, begann auch zu schreien und rannte aus dem Zimmer. Ich kroch unter meine Bettdecke und stellte mir vor, dass ich in einer Höhle saß, zu der niemand außer mir den Weg kannte. Später, es war schon dunkel, ich hatte die Lampe eingeschaltet und las einen Comic, klopfte es an der Tür. Pappie kam herein, zog den Stuhl vom Schreibtisch heran und setzte sich an mein Bett. Wir schwiegen. Ich hatte viele Fragen, aber keine schien mir passend.

Pappie stand auf und ging zum Fenster.

»Kennst du das Geheimnis der Sterne?«, fragte er über die Schulter. Ich schüttelte den Kopf. »Jeder Stern ist ein Kinderwunsch«, sagte er leise. »Und jedes Mal, wenn ein Kind sich etwas ganz stark wünscht, entsteht am Himmel ein neuer Stern. Wenn du eine Sternschnuppe siehst, ist ein Wunsch in Erfüllung gegangen. Damit der Himmel nicht dunkel wird, musst du Wünsche haben, verstehst du?« Er streckte die Hand nach mir aus. »Komm, am besten wünschst du dir jetzt gleich etwas.« Ich stand auf und stellte mich neben ihn. Gemeinsam suchten wir meinen Stern.

Als ich am nächsten Morgen in die Küche kam, waren meine Eltern nicht da. Ich ging in die Schule, trödelte unterwegs, kaufte mir am Kiosk ein Comicheft, setzte mich auf eine Bank am Seeufer und sah den Enten zu. Ich kam erst nach der großen Pause in die Klasse, aber niemand fragte, wo ich gewesen war. Frau Barthol schaute mich seltsam an, schüttelte kaum merklich den Kopf und erzählte weiter von Lebensweisen und Lebensräumen und davon, wie wichtig es war, unser Zusammenleben gemeinsam zu gestalten. Ich dachte an die Enten und nahm mir vor, morgen Brot für sie mitzunehmen.

Meine Mutter war alleine. Sie schaltete den Fernseher aus und winkte mich heran. Dann fasste sie mich an den Händen, sah mir in die Augen und sagte: »Dein Vater wohnt nicht mehr bei uns.« Mir blieb die Luft weg. Als ich wieder sprechen konnte, fragte ich, was passiert war und wo Pappie wohnte. Meine Mutter sagte, sie wisse das nicht. »Irgendwo in der Stadt.«

Ich versuchte, nicht zu weinen.

»Warum?«, fragte ich und konnte die Tränen nur mit viel Mühe zurückhalten.

Sie sagte, es sei besser so. Pappie müsse sich über ein paar Sachen klar werden.

»Worüber denn?«, fragte ich.

»Dafür bist du zu klein«, sagte meine Mutter und sah an mir vorbei.

Ich fragte, wann Pappie wiederkommen würde und ob er wieder ins Gefängnis müsste.

»Vielleicht. Wahrscheinlich«, sagte meine Mutter, stand auf und strich sich über den Rock.

»Wann darf ich ihn besuchen? Wann kommt er zurück?« Ich begann doch noch zu weinen, das ärgerte mich.

»Bald.«

»Was bald?«, schrie ich. »Darf ich ihn bald besuchen, oder kommt er bald zu uns?«

Meine Mutter sah mich an und ging wortlos aus dem Zimmer. Gleich darauf hörte ich sie im Badezimmer weinen.

¶

Am späten Nachmittag habe ich einen Einsatz im Unispital, Vorbereitung auf eine Lebertransplantation, mittlerweile auch für mich eine Routinesache. Die Luft im Zimmer ist schlecht, zu viele Leute drängen sich um das Bett, der Patient liegt halb aufgerichtet, seine Arme sind sehr dünn, die Haut gelblich, sein Bauch wölbt sich unter der dünnen Decke. Die Pflegerin schafft hastig weitere Stühle herbei, die Ärztin stellt sich vor und legt gleich los, sie spricht laut und schnell. Ich übersetze langsamer, betone die Schlüsselbegriffe, wende mich an die Ehefrau des Patienten, es geht eher um sie als um ihn, sie soll auf die Zeit nach der Operation vorbereitet werden und sich weniger Sorgen machen.

Die Aussicht, ihren Mann nach der Operation alleine pflegen zu müssen, überfordert sie. Die Schwiegertochter auf der anderen Seite des Bettes wechselt Blicke mit ihrem Mann. Er sitzt neben mir und

seufzt. Eine seltsame Spannung baut sich auf, ich wäre nicht überrascht, Funken zu sehen. Es ist, als müsste sich der Sohn zwischen seiner Mutter und seiner Frau entscheiden. Doch er ist zu schwach, blickt auf seine Hände, rutscht auf dem Stuhl hin und her, schüttelt den Kopf; seine Frau ist die stärkere Partei. Die Mutter hängt an meinen Lippen und erwartet etwas Entlastendes, Ermutigendes. Ich wiederhole das Wichtigste: Ihr Ehemann werde das Medikament zur Unterdrückung des eigenen Immunsystems nie absetzen dürfen, bis an sein Lebensende. Aber wenn alles gut gehe, werde er ansonsten ziemlich normal leben können. Die Frau sucht den Blick ihres Ehemanns, er sieht auf seine Uhr. Die Ärztin empfiehlt einen möglichst klar strukturierten Tagesablauf, das sei wichtig und hilfreich, ich übersetze mit knappen Worten und einfachen Gesten, die Mutter nickt und blickt immer wieder zum Patienten hin. Er hat die Augen geschlossen, vielleicht schläft er. Ich merke, wie der Sohn wütend wird, aber er schafft es, die Wut zu unterdrücken. Das strengt ihn sehr an. Gegen wen würde sich seine Wut richten, wenn er sie zulassen würde?

Draußen scheint die Sonne, die Luft riecht nach Frühling. Ich beschließe, zu Fuß zu gehen, das Kunsthaus ist nicht weit.

¶

Sie kommt mir heute zunächst etwas reserviert vor und scheint meinem Blick auszuweichen. Ich trete

ein wenig näher, dann gehe ich ein paar Schritte zurück in den Raum, setze mich auf die Bank vor dem Bild, neige den Kopf auf die eine, dann auf die andere Seite. Endlich gelingt es mir, ihren Blick einzufangen, die Ruhe kehrt wieder ein, alles ist an seinem Platz.

¶

Ich musste wieder zur strengen Frau mit dem Heft. Sie stellte viele ähnliche Fragen und machte sich, obwohl ich immer wieder das Gleiche sagte, viele Notizen. Ich musste von der Schule erzählen, von Frau Barthol und von meinem besten Freund Fredi Dinkel, den alle Frinkel nannten. Als ich sie fragte, was sie da schrieb, sagte sie, sie wolle einfach nicht vergessen, worüber wir gesprochen haben, das sei alles. Ich sagte, ich möchte mir auch aufschreiben, worüber wir gesprochen haben, aber ich könne nicht so schnell schreiben.

»Du könntest zeichnen, woran du bei unserem Gespräch denkst. Das wäre doch lustig, nicht wahr? Möchtest du das?«

Sie nahm die Brille ab. Das verblüffte mich. Ich hatte sie noch nie ohne Brille gesehen. Ich muss sie ziemlich verdattert angeschaut haben, doch sie missverstand meine Reaktion.

»Gut, dann nicht«, sagte sie, »das ist auch völlig in Ordnung.«

Ich sagte meiner Mutter, dass ich nicht mehr zur strengen Frau gehen wollte und lieber Pappie besuchen möchte.

»Das geht nicht«, sagte sie. »Wir müssen den Gerichtsprozess abwarten.«

»Was für einen Gerichtsprozess?«

»Na, den Prozess halt. Danach wissen wir, wie es« – sie zögerte – »wie es mit deinem Vater weitergehen soll.«

»Darf ich dabei sein?«

»Nein, cariño, das darfst du nicht.«

»Warum?«

»Weil du ein Kind bist. Und Kinder dürfen nicht in den Gerichtssaal.«

»Und wann darf ich Pappie besuchen?«

»Bald.«

»Wie bald?«

»Herrgott, Kind, lass mich in Ruhe mit deiner Fragerei. Ich weiß doch nicht, wie bald.«

Sie stürmte aus dem Zimmer und knallte die Tür zu. »Bald« scheint ein besonderes Wort zu sein, dachte ich. Es sprengte jedes Gespräch, und danach stand man mit seinen Fragen alleine da.

¶

Der Mann sitzt ruhig da, er nickt ab und zu, aber ich bin nicht sicher, ob er mir wirklich zuhört. Seine Haare sind auffällig schlecht geschnitten, ich überlege, ob dahinter eine Absicht oder bloß Nachlässig-

keit steckt. Seine Stofftasche hat er unter den Stuhl geschoben, er bückt sich immer wieder hinunter, als möchte er sicher sein, dass sie noch dort liegt. Der Gesprächsleiter, ein müde wirkender Mann Anfang fünfzig, erklärt ihm, dass man seinen Sohn möglicherweise »fremdplatzieren« müsse. Im Moment sei der Kleine ja noch im Kinderheim, aber das sei eine vorübergehende Maßnahme. Leider erreiche man die Mutter nicht, und auch er, der Vater, habe keinen gültigen Ausländerausweis und keinen festen Wohnsitz. Er hoffe, so der Gesprächsleiter, dass der Mann das verstehe. Ich betone die Schlüsselwörter und unterstreiche sie mit der Stille dazwischen.

Der Mann sitzt aufrecht, sein Blick flackert, ich merke, dass sein Atem immer schneller geht. Plötzlich springt er auf, schreit, sein Vater sei getötet worden, in seiner Heimat, von einem reichen Mann. Ob ich das verstehen würde?

»So beruhigen Sie sich doch«, sagt der Gesprächsleiter und umklammert die Armlehnen seines Bürostuhls. »Ich erkläre Ihnen nur …« Der Mann beachtet ihn nicht, sieht nur mich an und fragt wieder, ob ich verstünde, wie das sei, den eigenen Vater zu verlieren. »Setzen Sie sich«, sage ich und sehe ihm in die Augen. »Was Sie tun, hilft Ihrer Sache nicht.«

Ich deute mit der Hand auf den Stuhl und wiederhole meine Warnung. Er zögert ein paar Sekunden, dann lässt er sich auf den Stuhl fallen, vergräbt sein Gesicht in den Händen und schluchzt. Wir warten. Er schüttelt sich, sieht den Gesprächsleiter an und gibt ihm ein Zeichen fortzufahren. Auch ich nicke und lehne mich zurück.

Der Gesprächsleiter ist blass geworden, er richtet seine Brille, atmet durch, blättert in seinen Papieren. Seine Hand zittert leicht. »Diese Behörde ist einzig um das Wohl Ihres Kindes besorgt«, sagt er und gibt sich große Mühe, eindringlich zu klingen. »Das müssen Sie doch verstehen.« Die Pause ist unangenehm, ich sehe ihm an, dass er mit einem erneuten Wutausbruch rechnet und Angst hat. Er erklärt, dass seine Behörde gesetzlich verpflichtet sei, sich in einem Fall wie diesem einzuschalten. Der Mann sitzt mit gesenktem Kopf da und sieht auf seine Hände, die kraftlos zwischen seinen Knien hängen. Er steht auf, greift nach seiner Stofftasche, kramt kurz darin, zieht ein Päckchen hervor, legt es auf den Tisch und schiebt es zum Gesprächsleiter. Das sei ein Geschenk für seinen Sohn, man solle es ihm geben. Und ihn vom Papa grüßen. Dann dreht er sich um und geht. Ich bin überrascht, dass er die Tür hinter sich leise, beinahe behutsam zuzieht.

»Was ist hier soeben passiert?«, fragt der Gesprächsleiter, steht auf und öffnet das Fenster. Ich zucke mit den Schultern, ziehe mein Telefon und den Stift aus der Tasche. Der Gesprächsleiter starrt auf das Päckchen, das der Mann vor ihn gelegt hatte. Er nimmt es und wiegt es in der Hand, als möchte er sein Gewicht schätzen.

»Wie soll ich das dem Kind geben?«, sagt er. »Ich habe keinen Kontakt zu ihm.«

Ich halte ihm mein Telefon hin, er unterschreibt.

In der Straßenbahn überlege ich kurz, was wohl im Päckchen gewesen sein mag. Aber gleich fällt mir ein, dass mich das kein bisschen interessiert.

Den neuen Krimi lasse ich liegen.

¶

»Dein Vater hat alles zugegeben, Felipe.«

Wir saßen beim Frühstück, es war Samstag, ich wollte nachher mit Frinkel in den Park gehen, da hatten sie neue, sehr hohe Schaukeln aufgestellt. »Er hat zugegeben, dass die Schülerin die Wahrheit gesagt hat. Du weißt schon, das mit …«

Weiter kam sie nicht.

»Was?«, rief ich. »Er kann doch nicht zugeben, was er nicht getan hat.«

»Es tut mir sehr leid«, sagte meine Mutter und wischte sich die Tränen ab. »Aber wenn er sagt, dass er es getan hat …«

»Dann sagt er nicht die Wahrheit«, schrie ich und sprang auf. Mein Stuhl fiel um, ich stieß ihn weg. »Pappie hätte niemals … Ich weiß das. Ganz bestimmt.«

Meine Mutter kam um den Tisch und wollte mich umarmen. Aber ich sprang zurück und fragte, wie sie denn so etwas glauben könne. So von Pappie denken könne. Sie blieb stehen und sah mich traurig an. »Ich weiß es nicht, Felipe«, sagte sie leise. »Ich weiß nicht, wem ich glauben soll und wer die Wahrheit sagt und wohin ich mich wenden soll.«

Sie begann zu weinen. Ich wusste, dass ich nun zu ihr gehen und sie umarmen oder zumindest ihre Hand halten sollte. Aber ich konnte nicht, mir war nach Streit und Kampf zumute, ich wollte nicht nachgeben, und sei es auch nur für die Dauer einer Umarmung.

Ich sagte, dass das nicht zusammenpasste und darum nicht sein konnte. »Pappie ist unschuldig, das weiß ich, und du weißt es auch. Du kennst ihn.«

»Weißt du, cariño«, sagte sie und schnäuzte sich, »die Leute, die deinen Vater über den ... Vorfall befragt haben, die kennen sich mit der Wahrheit und mit der Lüge aus. Manchmal ist es schwierig, das eine vom anderen zu unterscheiden.« Sie legte mir eine Hand auf die Schulter.

Ich schüttelte sie ab und rief, dass diese Leute keine Ahnung von Wahrheit haben, wenn sie Pappie so etwas zutrauen. Sie wollte etwas sagen, vermutlich dass er ja gestanden hatte, aber ich ließ sie nicht reden. Ich schrie, dass ich seine Unschuld beweisen werde, eines Tages, und sie werde staunen, wenn ich die ganze Wahrheit gefunden habe. Plötzlich streckte meine Mutter den Rücken durch, hob den Zeigefinger und sagte streng, nun sei es aber genug, sie wolle kein Wort mehr darüber hören. Außerdem hätte ich sicher Hausaufgaben zu machen. In mir stieg eine Wut auf, wie ich sie noch nie verspürt hatte. Ich wollte etwas kaputt schlagen, umschmeißen, entzweibrechen, etwas in mir wollte hinaus, ich suchte nach einem Satz oder zumindest einem Wort für meinen Zorn. Aber ich fand nichts, in keiner Sprache, und schließlich gab ich auf, ging in mein Zimmer, stülpte mir meine großen Kopfhörer über die Ohren, ohne sie einzustöpseln, und hüllte mich in die Stille.

¶

Pappie wurde zu vier Jahren Gefängnis verurteilt. Vermutlich erzählte es mir meine Mutter, und vermutlich tat sie es auf ihre unbedachte, taktlose Art wie so oft, aber ich konnte mit dieser Information damals ohnehin nichts anfangen. Vier Jahre, das war fast die Hälfte meines Lebens und für mich genauso unbegreiflich wie ein Jahrhundert.

In der Schule erzählte man schlimme Dinge über Pappie. Ich suchte auf dem Pausenplatz die Nähe der Aufsicht, aber selbst das bedeutete keine Sicherheit vor Schubsern und Spuckern. Herr Stauber, der wie Pappie Turnlehrer war, schüttelte den Kopf, wenn ich ihm begegnete. Vielleicht tat er das aber nur, weil ich so schlecht in Sport war.

In den ersten Wochen nach dem Urteil rief Pappie alle drei oder vier Tage an, danach seltener. Ich erzählte von der Schule und streute da und dort ein niederländisches Wort ein, um ihm eine Freude zu machen, dann lauschte ich aufmerksam, ob er lachte. Er lachte nicht. Ich fragte ab und zu, wann ich ihn denn besuchen dürfte. Dann wechselte Pappie rasch das Thema, manchmal verabschiedete er sich gleich nach meiner Frage. »Besuchen«, dachte ich, ist auch ein Zauberwort, das mich alleine zurückließ. Wenn ich meine Mutter fragte, wie es nun weitergehen soll, seufzte sie und sagte nur: »Frag mich das nicht, cariño, dafür bist du zu klein, das verstehst du nicht.« Ich wollte es aber verstehen, und ich dachte nicht, dass ich dafür zu klein war. Aber vielleicht war ich zu klein, um die richtigen Fragen zu stellen.

¶

Als meine Mutter mir an einem Wintermorgen erzählte, dass Pappie tot war, fühlte sich das an, als wäre etwas in mir auf die falsche Seite gerutscht, um von da an immer im Weg zu sein. Seltsamerweise war ich nicht überrascht, es war, als hätte meine Mutter mir bloß bestätigt, was ich ohnehin wusste. Sie wollte mich umarmen, aber ich wich aus und ging in mein Zimmer. Sie rief mir nach, dass sie auch traurig sei und dass wir nun zusammen sein sollten. Ich wollte meine Traurigkeit nicht teilen, nicht mit ihr und nicht mit irgendjemandem, mit Ausnahme von Pappie selbst. Er war der Einzige, der mich verstanden hätte, daran halte ich noch heute fest.

Die folgenden Tage und Wochen habe ich bis auf ein paar in Dunst gehüllte Bilder aus dem Gedächtnis gelöscht. Ich sehe mich an der Hand meiner Mutter am offenen Grab stehen, Herr Stauber war da, auch Frinkel und seine Eltern, jemand erzählte etwas, irgendwelche Leute griffen nach meiner Hand oder drückten meine Schulter, dann waren wir wieder zu Hause, meine Mutter telefonierte auf Deutsch und auf Spanisch. Manchmal kamen Leute zu Besuch, einige kannte ich, andere nicht. Sie redeten leise, seufzten, fragten, »wie er Elsa und dem Kind so etwas antun« konnte und tranken Kaffee.

Die Winterferien waren lang. Ich verbrachte sie in meinem Zimmer, die Kopfhörer über den Ohren, ohne Musik.

¶

FEYMANN

- **Achte auf die Körpersprache, ten Holt.**
- **Um herauszufinden, wer etwas vorspielt?**
- **Alle spielen etwas vor, ob den anderen oder sich selbst.**
- **Wie soll ich seine Körpersprache deuten?**
- **Das sollst du nicht.**
- **Sondern?**
- **Du sollst Hinweise suchen, keine Erklärungen.**
- **Wie soll das gehen?**
- **Stell dir das so vor: Die Körpersprache ist der Fiebermesser, keine Lungenentzündung.**
- **Und wie stelle ich die Lungenentzündung fest?**

- **Indem du genau beobachtest. Zum Üben sind Begräbnisse geeignet.**
- **Begräbnisse?**
- **Aber sicher. Sie sind nützlich.**
- **Inwiefern?**
- **Fluchtreflex, Abwehr, das Unvermögen, die Wirklichkeit zu akzeptieren. Man wird sich der eigenen Sterblichkeit bewusst, das erzeugt Stress. Auch sieht man bei einem Begräbnis die Wahrheit, die Täuschung und das Desinteresse nah beieinander. Das ist aufschlussreich. Allerdings nur unter einer Bedingung: Absolut kein emotionales Engagement.**
- **Auch keine Schadenfreude?**
- **Nein. Und kein Mitgefühl. Darum sind Kinderbegräbnisse zunächst nicht geeignet.**
- **Zunächst?**
- **Man kann es lernen.**

¶

Nach den Ferien bat ich meine Mutter, mich für einen Schachkurs anzumelden. Sie fand einmal mehr, ich sei dafür zu klein und ein so kompliziertes Spiel würde mich nur noch mehr verwirren. Aber als ich ihr erzählte, dass sogar Frau Barthol uns ermuntert hatte, Schach zu lernen, weil es das logische Denken fördere, gab sie nach. Der Kurs fand mittwochs von 16 bis 17.30 Uhr an meiner Schule statt. Der Lehrer hieß Herr Kühnel, er war schon älter und wirkte zunächst etwas verloren, als wollte er sich dauernd für etwas entschuldigen. Doch sobald er begann, uns die Schachregeln zu erklären, wurde er lebhaft und mitreißend. Er sprach von den Figuren, als wären sie lebendig, lobte die Vitalität des Läufers und die Listigkeit des Springers, die Kraft des Turms und die edle Macht der Dame. Er fand in jedem noch so unbeholfenen Zug etwas, was uns weiterbrachte, und erklärte uns mit unendlicher Geduld, wann welches Opfer sinnvoll war und wann es den sicheren Untergang bedeutete. Ich bildete mir ein, dass ich begabt war und dass auch Herr Kühnel mich besonders förderte. Das tat gut, ich freute mich auf die Schachnachmittage und Herrn Kühnels neue Tipps für Eröffnungen und Verteidigungen.

Meine Mutter gab ihre Skepsis auf, sie kaufte mir eine Schachkassette und ein Buch mit den 100 besten Partien. Vielleicht war sie einfach erleichtert, dass ich Pappie nicht mehr so oft erwähnte, oder sie fühlte sich weniger schuldig, wenn sie mich alleine lassen musste. Das war in den Monaten nach Pappies Auszug oft der Fall. Sie arbeitete viel, kam erst spätabends nach Hause, so müde, dass sie vor dem Fernseher einschlief. Wir sprachen kaum miteinander, sie erkundigte sich selten, wie es in der Schule oder mit dem Schach lief, und auch ich hatte ebenso selten Fragen für sie. Die meiste Zeit saß ich in meinem Zimmer, machte Hausaufgaben, las oder spielte Schachpartien nach. Ich dachte oft an Pappie und überlegte, was er zu diesem oder jenem sagen würde.

Um ihm näher zu sein, begann ich Briefe an ihn zu schreiben, die ich in meinem Schreibtisch versteckte. Sie sollten dableiben, bis sich eines Tages alles fügen würde. Ich wollte sicher sein, dass meine Mutter die Briefe nicht lesen würde, darum versuchte ich es auf Niederländisch. Von meinem Taschengeld kaufte ich mir sogar ein Lehrbuch. Es war keines für Kinder, die Buchhändlerin sagte, solche gebe es »für diese Sprache« nicht. Ich redete mir ein, dass es so sogar besser sei, denn mit einem Buch für Erwachsene würde ich mehr lernen. Ich lernte schnell und fühlte mich immer sicherer. Bald konnte ich Pappie Briefe schreiben, die meine Mutter sogar finden durfte, und doch würde sie nichts verstehen. Ich füllte ein Vokabelheft nach dem anderen und freute mich über mein Geheimnis. In einem der ersten Briefe fragte ich ihn, ob er Schach spielen konnte. Vielleicht hätte mir das meine Mutter sagen können, aber ich wollte nicht riskieren, dass sie mein Interesse an Schach mit Pappie in Verbindung brachte und mir das Spiel verbot.

¶

Meine Mutter war nun öfter besser gelaunt, klopfte an meine Zimmertür, fragte, ob ich sie zum Einkaufen begleiten oder mit ihr einen Film sehen möchte. Ich war unentschlossen, ob ich solche Momente nutzen sollte, um ihr Fragen über Pappie zu stellen, es gab so viel, was ich wissen wollte. Ich vermutete, dass sich ihre Stimmung verdüstern würde, und ich war unentschlossen, ob ich sie trotzdem ausfragen sollte oder ob mir ihre gute Laune lieber war. Hin und wieder dachte ich daran, ihr von meinen Briefen zu erzählen. Aber auch das ließ ich sein, spielte mit, genoss ihre Heiterkeit, hörte zu, wenn sie von ihrer Arbeit erzählte, und ahmte zu ihrer Erheiterung Frau Barthol beim Schimpfen nach. Nur wenn sie ohnehin schlecht gelaunt war, getraute ich mich, Pappie zu erwähnen, dann gab es ja nichts, was ich kaputt machen konnte. Manchmal hoffte ich auf ihre schlechte Laune.

¶

Der Psychiater ist sehr jung, er trägt sein Haar zu einem Rossschwanz gebunden, in seiner linken Augenbraue glitzert ein Silberring.

»Wir sind im vierten Stock«, sagt er gleich bei der Begrüßung am Empfang der Kinderklinik. »Und wir haben keinen Lift. Sorry.«

»Das macht nichts«, sage ich und folge ihm ins Treppenhaus. Er nimmt zwei Treppen auf einmal, ich kann mit einiger Mühe Schritt halten. Vor dem Besprechungszimmer angekommen, will er schon die Tür öffnen, als ihm etwas einfällt. »Vielleicht sollte ich Ihnen erst mal erklären, worum es geht«, sagt er und legt gleich los: »Iker, so heißt unser Pa-

tient, ist 12 Jahre alt. Er hat sich vor drei Wochen in der Schule mit einem Zirkel kleinere Verletzungen beigebracht. Der Schulleiter hat die Polizei benachrichtigt. Vermutlich aus Angst, dass Iker jemand anderen verletzen könnte.«

»Und die Polizei hat ihn dann zu Ihnen …«

»Genau. Nun wollen wir feststellen, wie es um Iker steht. Auch seine Mutter ist dabei, ihretwegen brauchen wir einen Dolmetscher.«

»Versteht sie überhaupt kein Deutsch?«

»Doch, doch, normalerweise schon. Aber in der gegenwärtigen Situation … Das Ganze ist für sie sehr schwierig, sie ist völlig überfordert und auf Medikamente angewiesen. Ikers Vater hat die Familie vor Jahren verlassen. Zu ihm besteht kein Kontakt.«

Als wir eintreten, weist der Psychiater mir meinen Platz zu, ich setze mich und stelle mich kurz vor. Der Junge schaut nicht auf, die Mutter sieht mich kurz an, dann heftet sie ihren Blick wieder auf den Jungen.

Iker ist dünn, hält den Kopf gesenkt, seine dunklen Haarsträhnen berühren leicht die Tischplatte. Der Psychiater öffnet seinen Notizblock und beginnt, in Stichworten die Gründe für die heutige Zusammenkunft aufzuzählen. Anschließend gibt er seine Einschätzung des Gesundheitszustands seines Patienten. Ich übersetze leise und möglichst simultan, die Mutter nickt und hält sich immer wieder ein Taschentuch unter die Nase. Plötzlich hebt Iker den

Kopf und sagt etwas. Der Psychiater unterbricht seine Rede, alle schauen zu Iker.

»Kannst du das bitte wiederholen?«, sagt der Psychiater.

»Ich bin ein Mädchen«, flüstert Iker. »Ein Mädchen. Kein Junge.« Seine Stimme ist nun fester, er schaut seine Mutter an, dann den Psychiater. Ich übersetze, die Mutter schluchzt auf und greift nach einem neuen Taschentuch.

»Wir kommen gleich dazu.« Der Psychiater fährt ruhig mit seiner Aufzählung fort. Ich überlege kurz, welches Pronomen ich von nun an verwenden soll. Der Arzt sagt nach wie vor »er«, ich muss übersetzen, was er sagt, darf nicht vorgreifen, auch wenn die Versuchung aufblitzt, dem Jungen mit einem »sie« beizustehen. Wo immer möglich, weiche ich auf den Vornamen aus und übersetze den Rest viel wörtlicher als für die Verständigung nötig. Der Arzt übergibt das Wort an einen großen, rotgesichtigen Mann, der bis dahin mit halb geschlossenen Augen und weit zurückgelehnt stumm zugehört hat. Er sagt, er sei Lehrer in der klinikeigenen Schule und könne von Iker nur Gutes berichten. Ich flüstere es der Mutter zu, sie sieht mich dankbar an. Ich lächle ihr kurz zu, so weit bin ich gerade noch bereit zu gehen. Während ich die Informationen über Ikers Verhalten in der Klasse übersetze, sehe ich in Gedanken das Gesicht von Mona Lisas Schwester, strenge mich an, ihren Blick einzufangen. Nur sie kann mich vor

Erinnerungen schützen, denen ich mich in diesem Moment auf keinen Fall hingeben will.

»Möchtest du etwas dazu sagen, Iker?«, fragt der Psychiater. Iker schweigt. Der Psychiater blättert in seinem Block, findet die gesuchte Notiz und klopft mit der Bleistiftspitze darauf.

»Und nun zur Genderdysphorie«, sagt er mehr zu sich selbst. Ich übersetze es trotzdem, die Mutter hängt an meinen Lippen, sie möchte jede Silbe verstehen.

Der Arzt wendet sich an sie: »Wann hat Iker Ihnen zum ersten Mal gesagt, dass er ein Mädchen ... sei?«

Iker senkt den Kopf etwas tiefer, seine Stirn schwebt nur wenige Zentimeter über dem Tisch. Die Mutter spricht leise, ich muss mich sehr anstrengen.

»Er hat das mehrmals gesagt«, flüstert sie, »aber immer im Streit. Danach ging er weg.« Sie wirft einen scheuen Blick zu Iker hinüber. »Ich konnte nie mit ihm darüber reden. Ich meine, richtig reden.«

»Worüber haben Sie sich gestritten?«, fragt der Psychiater. »Hat seine ... Mitteilung den Streit provoziert?«

»Nein«, sagt die Mutter. »Der Streit war meistens schon da. Aber er wurde schlimmer, wenn er ...«

»Haben Sie Iker Vorhaltungen gemacht?«

Ich finde eine einfachere Formulierung, es ist auch so schwierig genug.

»Nein. Ja, vielleicht doch. Ein wenig.« Sie schluchzt auf. »Aber ich hätte das nicht tun sollen«, sagt sie kaum verständlich. Nun weint sie, Iker vielleicht auch, ich sehe sein Gesicht nicht, aber seine Schultern zittern leicht. Der Lehrer sieht den Psychiater an, dieser versteht den Blick und nickt. Die Sitzung ist zu Ende.

Eine Minute später renne ich die Treppe runter und zur Haltestelle. Das Kunsthaus ist noch eine Dreiviertelstunde offen, das wird reichen müssen.

¶

Ich habe mich beeilt, komme atemlos bei ihr an, bleibe ein paar Sekunden in der Türöffnung stehen, um mich zu beruhigen, und merke, wie die Aufsichtsperson mich kritisch beobachtet. Das ist nichts Neues, vermutlich tauschen sie sich hier inzwischen über mich und mein seltsames Interesse an diesem in ihren Augen eher unauffälligen Gemälde aus. Als ich vor ihr stehe, lächelt sie beinahe heiter, so als würde sie mich für meine Unruhe sanft verspotten. Ich frage mich, ob sie die Stille mochte und nur schon darum diese Stunden mit dem älteren Mann hinter seiner Staffelei genoss. Oder war ihr sein aufmerksamer Blick ein wenig unheimlich, und sie entkam ihm, indem sie unhörbar eine Melodie summte? Konnte sie ein Instrument spielen, vielleicht Violine oder Cello? Spielte sie manchmal vor ihrer Familie oder vor einem größeren Publikum? Dass ich das alles nie erfahren werde, macht mich für einen Moment traurig. Dann sehe ich in ihre Augen und

merke, wie die Entfernung zwischen uns schwindet und wie die Neugier etwas anderem Platz macht. Ich kann es nicht benennen, noch nicht, aber ich will gerne glauben, dass sie es könnte.

¶

Ich weiß nicht, ob sich das alles genau so zugetragen hat, wie mein Gedächtnis es mir suggeriert. Vielleicht kamen die Details erst hinzu, als mir Jahre später klar wurde, wie wichtig dieser Morgen für meine Mutter und mich war. Es war Sonntag, es regnete, wir saßen beim Frühstück, ein Radiomoderator verbreitete seine aufdringlich gute Laune, als meine Mutter das Besteck weglegte, sich zurücklehnte und sagte: »Ich habe jemand kennengelernt.«

Ich schwieg.

»Er heißt Alfred Ley-Lohmann und ist Maler. In Künstlerkreisen nennt man ihn ALL. Wegen der Initiale A-El-El, und zugleich wie Englisch alles, verstehst du?«, plapperte sie weiter. »Und er ist sehr gut. Stell dir vor, er hat schon in Paris ausgestellt. Und in Wien.«

Sie wartete darauf, dass ich etwas sagte, aber ich schwieg beharrlich und verstrich mit großer Sorgfalt die Marmelade auf meiner Brotscheibe.

»Alfred freut sich darauf, dich kennenzulernen. Er zeigt dir gern sein Atelier. Da malt er seine Bilder, weißt du?«

»Ich weiß, was ein Atelier ist«, sagte ich und spülte das Brot mit dem Kakao runter. »Darf ich in mein Zimmer gehen?«

Meine Mutter seufzte, sie sah traurig aus. »Er freut sich wirklich auf dich, cariño«, rief sie mir nach. Ich sah mich nicht um. Obwohl ich erst elf Jahre alt war, tat mir meine Grobheit sofort leid, daran erinnere ich mich leider sehr deutlich. Im Zimmer setzte ich mich auf den Boden und umklammerte meine Knie. Ich war traurig, weil ich Pappie vermisste. Weil ich diesen Alfred nicht wollte. Und weil ich meine Mutter enttäuscht hatte. Die ersten beiden Traurigkeiten passten noch zusammen, aber die dritte nicht mehr, das machte alles noch schlimmer. Ich hatte bereits genügend Erfahrung mit dem Traurigsein gesammelt und wusste, dass der Weg hinaus über die Wut führte. Was hast du denn erwartet, wiederholte ich flüsternd und versuchte, aus meinen Schuldgefühlen einen Vorwurf an meine Mutter zu basteln. Hätte meine Geschichte einen anderen Verlauf genommen, wenn mir das besser gelungen wäre? Ich finde darauf keine Antwort, auch nach so vielen Jahren nicht.

¶

FEYMANN

- **Der Verdächtige ist offensichtlich gestresst. Ich komme nicht weiter.**

- **Du wolltest ihn zum Geständnis zwingen, ten Holt.**
- **Lässt seine Selbstkontrolle nicht nach?**
- **Nein. Aber sein Gedächtnis. Was er sagt, ist weniger zuverlässig.**
- **Was soll ich tun?**
- **Ihn beruhigen.**
- **Indem ich meine Fragen einstelle?**
- **Indem du ihm etwas erzählst, ten Holt.**
- **Etwas Fallbezogenes?**
- **Etwas Erfundenes.**
- **Er wird darauf hereinfallen?**
- **Auch er wird auf eine fremde Geschichte mit einer eigenen reagieren. Alle tun das.**
- **Und wenn auch er etwas erfindet?**
- **Wichtig ist, dass er erzählt. Du wirst darin Widersprüche finden.**

¶

Ich mochte Alfred von Anfang an nicht. Weder in unserer Wohnung noch in unserem Leben. Ich war eifersüchtig, denn nun musste ich meine Mutter mit ihm teilen. Und ich wollte nicht, dass er den Platz von Pappie einnahm, nur schon der Gedanke machte mich wütend. Vielleicht lag es auch an diesem Blick, mit dem er mich bedachte, wenn wir uns begegneten, lauernd und misstrauisch, stets so, als wollte er mich bei etwas erwischen. Auch machte er sich über meine Mutter und mich lustig, wenn wir

Spanisch sprachen. Das Schlimmste war, dass meine Mutter es sich nicht nur gefallen ließ, sondern sogar mitlachte, wenn er unbeholfen und unlustig unsere Sprache karikierte. Im Gegensatz zu ihm merkte ich sofort, dass ihr Lachen gespielt war, das machte es zunächst ein wenig erträglicher, später schlimmer.

Einmal sah er mich in meinem Schachbuch lesen und fragte, ob ich die Partien auswendig lernte. Ich schüttelte nur den Kopf und vertiefte mich wieder ins Buch. Ich fand die Frage dumm, sie war der Beweis, dass Alfred, wenn er überhaupt eine Ahnung von Schach hatte, kein guter Spieler war. »Warum spielst du sie dann nach?«, bohrte er weiter. Ich blickte erneut auf und wollte etwas Spöttisches erwidern, aber meine Mutter sah mich so erwartungsvoll, beinahe flehend an, dass ich die bereits geplante Beleidigung hinunterschluckte. »Um die Aufgaben zu lösen. Und um zu lernen«, sagte ich, stand auf und ging in mein Zimmer. Ich befürchtete, dass Alfred mich zu einer Partie herausfordern und dass mir keine gute Ausrede einfallen würde. Aber er ließ mich wortlos gehen, schickte mir nicht einmal eine weitere dumme Frage hinterher.

Ein paar Wochen nachdem er bei uns eingezogen war, nahm er mich tatsächlich in sein Atelier mit. Es war kleiner, als ich erwartet hatte. Überall standen Holzrahmen und Becher mit Pinseln herum, es roch nach Farbe, Holz und noch etwas, was ich nicht einordnen konnte. Ich spazierte herum, nahm eine Mischpalette in die Hand, fuhr mit dem Finger über die getrocknete Farbe, griff mir einen Pinsel und prüfte die Borsten. Alfred schaute mir misstrauisch zu, ich hatte den Eindruck, dass ihm meine Unbefangenheit missfiel. Das spornte mich an, noch mehr Dinge zu berühren, Farbreste zwischen Daumen und Zeigefinger zu zerreiben, eine flache Box mit Farben aufzuklappen. Ich schob sogar einen Vorhang zur Seite und warf einen Blick in den Raum dahinter, wo viele kleine und größere Flaschen und ein paar weitere Holzrahmen herumstanden. Alfred eilte herbei, zog den Vorhang wieder zu und sagte, ich müsse nun nach Hause, er habe noch einen wichtigen Termin in der Stadt. Er war verärgert, darüber freute ich mich, aber ich war nicht mutig genug, mir die Freude auch anmerken zu lassen. Zu Hause fragte meine Mutter mit heiterer Erwartung, wie es war. Ich zuckte bloß mit den Schultern. »Klein. Und es stinkt nach Farbe.«

Sie seufzte, wandte sich ab und ging in die Küche. Ich fühlte mich schuldig und im Recht zugleich, ein Widerspruch, der mir noch sehr vertraut werden sollte.

¶

Der Mann hat sich in die Ecke gesetzt, er schaut auf, als ich eintrete, dann fällt sein Blick wieder auf den Boden, seine Neugier ist bereits verflogen. Ich nehme an, dass ich seinetwegen da bin. Er sitzt so, als hätte

er Schmerzen, im Rücken oder im rechten Bein, vielleicht beides. Immer wieder streckt er das Bein aus und winkelt es wieder an. Wenn er die Sitzposition verändert, stützt er sich auf den rechten Ellbogen, den linken schont er. Eine junge Frau, ich nehme an die Sprechstundenhilfe, erscheint im Türrahmen und bittet uns mitzukommen. Sie geht schnell, der Mann versucht zu folgen, kann aber ihr Tempo nicht halten. Ich drehe mich zu ihm um und bewege kurz die Handflächen nach unten, er versteht die Geste und geht langsamer. Die Sprechstundenhilfe bleibt vor einer Tür am Ende des Gangs stehen und wartet, die Hände tief in die Taschen ihres Kittels geschoben. Wir treten ein, die Tür schließt sich, ich höre, wie sich die Schritte im Gang entfernen.

Die Ärztin, eine leicht übergewichtige Frau Ende fünfzig, sitzt am Tisch und tippt energisch auf ihrer Computertastatur. Sie schaut kurz über den Rand ihrer Lesebrille zu uns herüber, weist uns mit einer knappen Handbewegung unsere Plätze zu und tippt weiter, laut und ungeduldig. Ich warte, bis der Mann sich umständlich gesetzt hat, dann nehme auch ich Platz. Die Kaffeetasse neben der Tastatur ist halb voll, auf dem Kaffee hat sich ein dünner Film gebildet, vermutlich schon gestern. Das Telefon läutet, die Ärztin ignoriert es. Der Mann streckt das Bein aus und winkelt es wieder an. Er stöhnt auf, der Stuhl hat keine Armlehnen, und er kann sich nicht abstützen. Sie sei gleich so weit, sagt die Ärztin und schreibt noch lauter und schneller. Dann schiebt sie die Tastatur von sich, verfehlt dabei knapp die Kaffeetasse, verschränkt die Finger ineinander und schaut auf.

»Sie sind Herr ...« Sie bemüht sich nicht, den Namen des Patienten richtig auszusprechen. Er nickt eifrig.

»Und Sie sind der Dolmetscher? Ihr Name ist Holt?«

»Ten Holt«, sage ich.

»Ten Holt, genau«, sagt sie, zieht einen Kugelschreiber aus einer umfunktionierten Cola-Dose und macht einen Vermerk in ihren Schreibblock. »Bitte erklären Sie dem Patienten, dass auch Sie der ärztlichen Schweigepflicht unterstehen. Und dass er mich von meiner Schweigepflicht entbinden muss, damit ich meinen Bericht an die Versicherung schicken kann. Danach können wir anfangen.«

Ich tue es, der Patient ist einverstanden, winkelt das Bein an und streckt es aus, dabei dreht er sich halb zur Seite, um sich auf dem Rand der Sitzfläche abzustützen.

»Wie geht es Ihnen?«, fragt die Ärztin. Ich übersetze. Der Mann schüttelt nur den Kopf, sein Blick rutscht zu Boden.

»Haben Sie Schmerzen?«, fragt sie.

»Schmerzen«, sagt der Mann und dreht sich etwas mehr zur Seite.

»Wo genau tut es weh?«

Der Mann zeigt auf sein Bein, bewegt die Hand auf und ab. »Ganz«, sagt er. »Rücken auch. Und Schulter.« Er rechnet sich Vorteile aus, wenn er direkt zur Ärztin spricht. Erwartet er Anerkennung für sein halbwegs verständliches Deutsch? Oder Mitleid für seine Sprachprobleme? Die Ärztin ist genervt, ihr wäre eine flüssige Konversation lieber. Ich sage dem Mann, er solle über mich antworten, das sei doch einfacher, aber er ignoriert mich und versucht der Ärztin zu erklären, wie es zum Unfall gekommen ist. Er sei müde gewesen, auch habe er dauernd an seinen Sohn denken müssen, der sei nämlich krank gewesen.

»Und so habe Eimer nicht geseh und drüber ... wie sagt man?«

»Gestolpert?«, schlage ich vor.

»Gestolpert. Und von Gerust gesturzt.«

Ich lehne mich zurück, betrachte das Bild an der Wand gegenüber, es ist von einer geradezu erschütternden Hässlichkeit, und ich frage mich, ob es auf irgendeine Weise zur Untersuchung oder zur Therapie gehört. Soll es einen Schock auslösen? Zum Glück verfolge ich mit halbem Ohr das Gespräch, denn plötzlich spricht mich die Ärztin an. Sie möchte, dass das Gespräch ausschließlich über mich abgewickelt werde, und ich solle das bitte schön dem Patienten erklären. Ich tue es, er ist unzufrieden, beinahe beleidigt, aber er fügt sich. Als er merkt, dass ich seine Worte in der Ich-Form wiedergebe, entspannt er sich etwas, vermutlich kommt es ihm vor, als wäre er mit seinem Problem weniger alleine. Es gab auch schon andere Klienten, fällt mir ein, die reagierten irritiert, wenn sie die Ich-Form hören. Vermutlich fürchten sie um die Exklusivität ihres Anliegens. Ich überlege noch, was davon alberner ist, als die Ärztin mit ihrem Kugelschreiber auf den Tisch klopft und den Mann auffordert, sich bis auf die Unterwäsche auszuziehen. Das ist der unangenehmere Teil der Untersuchung, nicht nur für den Patienten. Ich stehe ebenfalls auf, stelle mich ans Fenster, von wo aus ich die Untersuchung verfolgen kann, ohne sie zu behindern.

Der Patient quält sich aus den Kleidern, nackt wirkt er viel schwächer und kränker. Die Ärztin will, dass er sich zuerst auf den Rücken legt, dann auf den Bauch. Sie macht ihre Notizen direkt auf das Papier, auf dem er liegt. Ich sehe es nicht zum ersten Mal, aber ich weiß immer noch nicht, ob ich es passend oder erniedrigend finde. Der Patient muss aufstehen, sich neben die Liege stellen, die Arme heben und von sich strecken. Er stöhnt und ächzt, die Ärztin geht um ihn herum, notiert etwas. Ihre Turnschuhe sind schmutzig, das passt zum abgestandenen Kaffee, finde ich, aber nicht zum Bild an der Wand. Ich suche nach einer Erklärung, die Ablenkung ist willkommen. Der Patient schwitzt, obwohl er keine Kleider trägt, seine Hände zittern.

Die Ärztin kehrt zum Tisch zurück und sieht mich über den Brillenrand an, als hätte sie mich zwischenzeitlich vergessen. Der Patient dürfe sich anziehen, sagt sie. Er atmet erleichtert aus. Ob er noch Fragen habe. Er hat eine, allerdings nicht an sie, sondern an mich: »Denkst du, dass ich bestanden habe?« Ich zucke mit den Schultern und sage, was ich in solchen Situationen immer sage: Es sei eine Untersuchung, keine Prüfung gewesen. Die Ärztin ist irritiert, ich übersetze die Frage des Patienten. Sie seufzt und lehnt sich zurück, klopft mit dem Kugelschreiber auf den Tisch, als möchte sie sicherstellen, dass wir ihre Ungeduld nicht übersehen. Sie werde ihren Bericht an die Versicherung schicken, sagt sie. Und dann werde die Versicherung entscheiden und ihm den Entscheid mitteilen. Der Mann steht ächzend auf, sie schreitet zur Tür und wedelt ihn mit der Hand hinaus. Ich überlege kurz, ob ich nach dem Gemälde fragen soll, aber mein Interesse ist inzwischen abgeflaut. So hole ich mir nur noch die Unterschrift und gehe. Im Gang begegne ich der Sprechstundenhilfe, eine Frau auf Krücken keucht hinterher.

¶

Unterwegs zum Kunsthaus denke ich mir Fragen aus. Als ich schließlich vor dem Gemälde stehe, kommen mir die meisten unpassend vor: zu klein oder zu groß, zu langweilig oder zu seltsam. Dann stelle ich mir vor, wie es wohl wäre, wenn auch sie in diesem Augenblick in unsere Welt wie in ein Gemälde

hineinsehen würde: Wir beide auf zwei Seiten derselben Leinwand lächeln einander über die Jahrhunderte hinweg zu, in einen Rahmen gezwängt, den wir nicht ausgesucht haben.

¶

Meine Mutter hatte beim Einkaufen immer eine Liste dabei, selbst wenn sie nur drei oder vier Sachen kaufen wollte. Und dann kaufte sie jedes Mal etwas, was nicht auf der Liste stand, immer nur einen einzigen Artikel. Das war dann el forastero, der Außenseiter, so nannte sie das, und es spielte keine Rolle, ob es etwas Größeres und Teures oder eine unbedeutende Kleinigkeit war. Allein die Tatsache, dass das Ding nicht auf dem Einkaufszettel gewesen war, verlieh ihm diesen besonderen Status. Sie weihte mich in ihr Spiel ein, nur mich, Alfred wusste nichts davon, und ich freute mich sehr, dass meine Mutter und ich nun doch ein Geheimnis teilten. Wenn sie vom Einkaufen nach Hause kam, half ich ihr, die Waren einzuräumen. Dabei versuchte ich zu ihrem Vergnügen herauszufinden, welcher Artikel el forastero war. Manchmal war das sehr einfach. Es kam aber auch vor, dass ich das Rätsel nicht lösen konnte. Dann lachte meine Mutter, nannte mich »mi tontaina« und zeigte auf den betreffenden Artikel. Wir stritten dann im Spaß, ob el forastero wirklich logisch war oder ob ich von vornherein keine Chance gehabt hatte.

¶

In Alfreds Gegenwart sprach meine Mutter mich immer öfter auf Deutsch an. Manchmal tat sie es sogar, wenn wir alleine waren, aber jeden Augenblick mit Alfred rechnen mussten. Das machte mir mehr aus, als ich es jemals zugegeben hätte. Sie merkte nichts, oder es war ihr egal. Ich sprach weiterhin nur Spanisch, das war mein Protest, mein Widerstand gegen den Verrat. Meine Mutter ließ sich nicht anmerken, ob ihr das auffiel, sie redete bald nur noch Deutsch, streute höchstens ein »cariño« ein, aber das bedeutete nicht mehr viel. Alfred ärgerte sich über mein Spanisch und schnauzte mich immer wieder an, ich solle verdammt noch mal Deutsch sprechen, man verstehe kein Wort. Statt zu gehorchen, wandte ich mich in solchen Momenten an meine Mutter und sagte, ich gehe in die Bibliothek oder zu Frinkel oder Hausaufgaben machen oder Musik hören, Hauptsache noch zwei, drei Sätze, während Alfred zuhörte und die Fäuste ballte. Sie presste die Lippen aufeinander, als müsste sie die spanischen Wörter zurückdrängen, die sie mir zuwerfen wollte. Alfreds Ärger war mein kleiner Triumph, und ich hoffte, dass ihm das nicht entging.

¶

Der Laden ist klein, nur zwei Kassen, die rechte ist immer offen, die linke nur, wenn die Warteschlange bis zum Katzenfutter zurückreicht. Der Mann vor mir verteilt den Inhalt seines Korbs auf dem Band:

Knuspermüsli mit Schokoraspeln, Ketchup, Backofen-Pommes, zwei Bio-Bananen, Instant-Pudding mit Vanillegeschmack. Ich muss nicht lange überlegen. Sein Einkaufszettel ist das Resultat schwieriger Verhandlungen, die Bio-Bananen sind nur dabei, damit die unterlegene Partei, vermutlich der Mann selbst, das Gesicht wahren kann. An der Kasse nebenan ist der Fall noch klarer: Pappteller, Plastikbesteck, Entkalker in der Nachfüllpackung, Fertigmischung für schnellen Schokoladenkuchen, Geburtstagskerzen, Orangensaft.

Ein blasses Gesicht, der Mund ein schneller Messerschnitt, die nachlässig zusammengebundenen Haare eine Niederlage, die Hände suchen in der viel zu großen Tasche fahrig nach dem Portemonnaie. Man hat nicht den Kindergeburtstag organisiert, den man im Nachmittagsfernsehen gesehen hat, aber das wird man das nächste Mal besser machen, unbedingt. Inzwischen wird man etwas entkalken, die Kaffeekanne oder die Duschbrause, egal, Hauptsache, man entfernt den Belag, Schicht um Schicht, bis die Oberfläche so glänzt, dass man darin das eigene Gesicht sehen kann.

¶

Im Deutschunterricht erzählte uns Frau Daum, wir nannten sie Frau Kaum, vom jungen Werther, der so schmerzlich nicht in seine Umgebung passte, dass er sich aus Verzweiflung sogar das Leben nahm. Also war auch er ein Forastero, dachte ich. Viele junge Menschen wollten damals so sein wie er, erzählte Frau Kaum weiter, und brachten sich auch um. Also war er doch kein Forastero? Ich sprach Frau Kaum auf diesen Widerspruch an, und sie sagte, sie glaube kaum, dass Werther infolge der Nachahmung der anderen seine Außenseiterrolle verloren habe, denn man könne auch eine ganze Generation zu Außenseitern erklären. Dann lächelte sie nachsichtig und sagte: »Es ist kaum möglich, das zu verstehen, wenn einem der literaturhistorische Rahmen fehlt, Felipe.« Ich erwiderte nichts, aber ich blieb bei meiner Überzeugung, dass man nur alleine unpassend sein kann.

¶

Abends sahen meine Mutter und ich wieder öfter fern, auch Filme, die für mich zu kompliziert waren. Sie strickte dabei, unterbrach aber ihre Arbeit immer wieder, um die Maschen zu zählen. Sie bat mich zusammenzufassen, was sie verpasst hatte, und ich tat es so gut, wie mir das mit meinen elf oder zwölf Jahren möglich war. Das brachte meine Mutter immer wieder zum Lachen. Ich tat, als wäre ich beleidigt, und beteuerte, dass ich alles genau so erzählt habe, wie es passiert sei. Meine Mutter lachte noch lauter. Ich hörte es gern. Irgendwann kam mir der Verdacht, dass das Maschenzählen auch nur ein Trick war, eine ihrer Maschen sozusagen, und dass sie sich den Film nur erzählen ließ, um sich zu amüsieren. Ich spielte gern mit und gab die Filmszenen mit Absicht verkehrt wieder, um meine Mutter lachen zu hören. Heute ist mir klar, dass sie mich von Anfang an durchschaut hatte, vielleicht machte ihr das Spiel so noch mehr Spaß.

¶

Wenn wir die Haustür unten ins Schloss fallen hörten, wussten wir, dass das Spiel zu Ende war. Meine Mutter versteifte sich, rückte ein wenig von mir weg und sah sich hastig um. Alfred hasste die Unordnung, und noch mehr hasste er es, uns miteinander kichern zu hören. Er fand etwas, was ihn störte und gab vor, bis gerade eben sehr gut gelaunt gewesen zu sein, aber wir zwei hätten ihm seine gute Stimmung nicht gegönnt. Seine Gesichtszüge verrutschten in unendlichem Weltschmerz, er ließ die Schultern hängen, seufzte tief, schüttelte traurig den Kopf. Meine Mutter legte das Strickzeug weg und gab mir ein Zeichen. Ich drückte mich an Alfred vorbei in mein Zimmer.

»Du brauchst nicht zu gehen«, wehklagte er mir hinterher, »ich wollte euch nicht stören.«

Bevor ich meine Zimmertür zudrückte, hörte ich meine Mutter beteuern, der Film sei ohnehin schlecht gewesen, außerdem müsse der Junge die Hausaufgaben erledigen. Ich stülpte mir meine großen Kopfhörer über, ich wollte nicht hören, wie sie sich entschuldigte und wie Alfreds Zetern sich nach und nach in Wut verwandelte. Wenn Alfred zu schreien begann, er halte das nicht mehr aus, stöpselte ich die Kopfhörer ein. Van Halen oder AC/DC, Hauptsache laut.

¶

Ich brauche keinen Einkaufszettel, ich gehe sehr überlegt vor, vermeide Rück- und Umwege und kaufe nur ein, was ich wirklich brauche. Dann lege ich ein ungeplantes Ding in den Einkaufswagen, immer nur eines und immer spontan. Ich nenne es »Dissonanz«. Zu Hause stelle ich es in die unterste Etage des Küchenschranks, da ist Platz genug. Am Monatsende hole ich alle Dissonanzen hervor, verteile sie auf dem Esstisch und prüfe, ob die eine oder andere inzwischen irgendwo hineinpasst. Wenn ich eine Verbindung entdecke, einen bis dahin verborgenen Zusammenhang, darf die Dissonanz die unterste Etage verlassen.

Manche Dissonanzen bleiben über viele Wochen oder sogar Monate unten. Die habe ich am liebsten.

¶

Alfred bewegte sich anders, wenn er betrunken war. Es war nicht das übliche Schwanken oder Torkeln eines Betrunkenen, das man in Komödien drollig und im richtigen Leben widerlich findet. Wer ihn nicht kannte, kam nicht auf die Idee, Alfred könnte betrunken sein. Im Gegenteil: Sein Gang war weicher, fließender, müheloser. Er war nicht das Walross, an das er mich sonst erinnerte, sondern eine Katze, groß und langsam und beinahe elegant. Aber wir ließen uns nicht täuschen. Meine Mutter wurde kleiner, stiller und auf eine seltsame Art runder, als möchte sie keine Angriffsflächen bieten. Ich schnappte mir einen Comic und verzog mich in meine Ecke neben dem Fenster und tat so, als würde ich lesen.

Über den Rand des Comics beobachtete ich die beiden, bereit einzuschreiten, falls nötig. Meine Mutter hatte Angst, das erkannte ich an ihren kleinen Ritualen: Sie kratzte sich immer wieder am Ellbogen, strich die Schürze glatt, schaute zur Wanduhr hoch und dann auf ihre Armbanduhr. Alfred saß am Esstisch, schwieg, rauchte, schenkte sich ein Glas ein, dann noch eins. In solchen Momenten war es wichtig, dass meine Mutter ihm zustimmte, was auch immer er gerade behauptete. Er wollte Bestätigung. Erst nach dem dritten Glas begann er zu schimpfen, zunächst noch gedämpft, dann lauter, obszöner. Meine Mutter nickte stumm, gab ihm recht, bekannte sich schuldig. Als er ausgetrunken hatte, sah Alfred sich um, als wäre die leere Flasche die versteckte Regieanweisung in einem Theaterstück. Ich stand auf, zog Alfreds Aufmerksamkeit auf mich, lenkte seine Wut um meine Mutter herum, erzählte ihm, dass der Hund von gegenüber schon wieder den ganzen Abend gebellt oder dass der Briefträger die Zeitung vergessen habe. Wichtig war, Alfred eine Möglichkeit zu bieten, seinen Zorn an etwas auszulassen. Auf die Schimpftirade und die Verwünschungen (»Den Köter werde ich persönlich erwürgen, jawohl, persönlich, und … in … in den Abfallcontainer werfen.«) folgte ein kurzes Schweigen. Gleich darauf begann er zu schluchzen, zunächst leise, winselnd, dann lauter, er hielt den Kopf gesenkt und ließ die Hände wie Fischflossen zwischen den Knien hängen, seine Tränen tropften auf den Teppich. Gleich würde sich meine Mutter zu ihm setzen und ihn in den Arm nehmen, ich wusste es, das tat sie immer, wenn Alfred laut weinte. Ich ging in mein Zimmer, sah mich nicht um, aber ich konnte ihren traurigen, dankbaren Blick im Rücken spüren.

¶

FEYMANN

- **Der Beschuldigte war bereit zu reden. Was ist passiert, ten Holt?**
- **Er wurde misstrauisch. Wie hole ich ihn zurück?**
- **Gegenfrage: Was wünscht er sich von dir?**
- **Mein Vertrauen?**
- **Der Weg dazu führt über das Interesse. Nicht an deinem Fragenregister, sondern an seiner Geschichte.**
- **Habe ich nicht genau dieses Interesse gezeigt?**

- **Du hast versucht, dich anzubiedern. Das ist arrogant.**
- **Es ist in seinem Interesse, mit mir zu reden.**
- **Es ist in deinem Interesse, sein Vertrauen zu gewinnen.**

¶

Als Erstes fiel mir die Frau auf. Etwas an ihrer Haltung passte nicht in dieses Café, das sah ich sogar durchs Fenster. Sie saß weit zurückgelehnt, aber ihre Arme hielt sie ausgestreckt, ihre Hände flach auf dem Tisch. Ihr Kinn lag auf der Brust, als würde sie schlummern. Das sah so seltsam aus, dass ich näher trat, um sie besser zu sehen. Erst als ich an der übergroßen Kunststofftorte vorbeispähte, bemerkte ich, dass jemand sie an den Fingerspitzen hielt. Ich neigte mich ein wenig weiter zur Seite, und da sah ich Alfred. Ich sprang sofort hinter die Torte zurück, und für einen Augenblick konnte ich dabei mein eigenes Bild im Schaufensterglas erkennen. Die Frau sah auf ihre Hände und schüttelte immer wieder den Kopf. Was auch immer Alfred von ihr wollte, es gelang ihm offensichtlich nicht, sie für seinen Vorschlag zu gewinnen. Das überraschte mich, denn bei meiner Mutter klappte das immer, es reichte, dass Alfred ein beleidigtes oder trauriges Gesicht aufsetzte, je nachdem, wie wichtig ihm die Sache war.

Langsam neigte ich mich zur Seite und wagte einen zweiten Blick um die Torte herum: Alfred sah weder beleidigt noch traurig aus, eher ärgerlich. Er beugte sich vor, als wollte er die Frau zu sich heranziehen. Aber sie blieb zurückgelehnt und sah aus dem Fenster. Ihr Blick huschte über mich und sprang zurück. Ich erschrak und lief weg.

»Wie war dein Tag?«, fragte meine Mutter beim Abendessen. Dass sie nicht ein »cariño« anhängte, machte klar, dass die Frage nicht mir galt. Alfred seufzte schwer und sagte, er habe den ganzen Tag nur gemalt und gemalt, nicht einmal eine Mittagspause habe er sich gegönnt.

»Du Armer«, sagte sie und tätschelte seine Hand. »Du arbeitest zu viel. Aber bist du mit dem neuen Bild vorangekommen? Die Ausstellung ...«

»Ich kann doch nichts erzwingen«, blaffte Alfred sie an und zog seine Hand zurück. »Ich muss immer wieder zurückgehen, Distanz gewinnen, um Nähe zu schaffen, verstehst du?« Er schnaubte verächtlich. »Natürlich verstehst du das nicht, was frage ich so dumm.«

»Doch, doch, ich verstehe dich«, sagte meine Mutter hastig. »Oder zumindest kann ich mir denken ...«

»Nicht doch, bitte«, stöhnte Alfred und verdrehte die Augen. »Hör auf zu labern, du machst alles nur noch schlimmer.«

»Verzeih«, flüsterte sie und gab mir das übliche Zeichen. Ich stand auf und ging auf mein Zimmer, setzte meine dicken Kopfhörer auf, schaltete aber die Musikanlage nicht ein. In der Stille spielte ich den Streit weiter, steigerte mich in einen Kampf hinein, den ich und meine Mutter jedes Mal gewannen, indem wir Alfred gemeinsam aus unserem Leben hinauswarfen.

¶

Der Mann am Empfang bedauert, aber er finde keinen Eintrag in seinem Kalender. Worum es bei meinem Termin gehe und wie der Klient heiße? Früher habe ich auf solche Fragen mit Sarkasmus reagiert oder die Person am Empfang darüber belehrt, dass es sich nicht um »meinen Termin« handelt. Inzwischen kann ich meinen Ärger besser verbergen. So sehe ich den Mann nur an, er fragt nicht weiter. »Ach, da ist er«, sagt er, »ich sage Bescheid, dass Sie hier sind.«

Ich setze mich auf den Besucherstuhl gegenüber dem Empfang und lasse den Ärger auf den Boden gleiten wie einen unbequemen Regenmantel. Eine Milchglastür geht auf, und eine ältere Frau tritt ein, geht auf mich zu, reicht mir die Hand, stellt sich vor und bedankt sich, dass ich da bin. Sie spricht mit einem leicht slawischen Akzent, möglicherweise ist es Tschechisch, aber noch brauche ich keine Ablenkung, darum beschließe ich, das vorerst zu ignorieren. Auch verzichte ich auf die Bemerkung, dass ich nur meinen Job tue, wie sie im Übrigen auch. Das würde mir vielleicht im ersten Augenblick guttun, aber später würde ich mich über meine Kleinkariertheit ärgern.

Der Klient ist schon da. Er ist jung, lässig, aber nicht nachlässig gekleidet, die Haare hat er wahrscheinlich mit viel Aufwand so hergerichtet, dass sie möglichst ungekämmt aussehen. Er taxiert mich, kommt nach wenigen Sekunden zu einem Urteil und sucht wieder den Blickkontakt mit der Sozialarbeiterin. Sie breitet ein paar Blätter auf dem Tisch aus.

»Danke, dass Sie gekommen sind. Und auch für die Unterlagen, die wir zwecks Fortführung der Sozialhilfe benötigen.«

Ich beginne mit der Übersetzung, aber der Klient gibt mir ein Zeichen, dass er alles verstanden hat.

Die Sozialarbeiterin fährt fort: »Sie haben ein Gesuch um finanzielle Hilfe für Ihre Firmengründung eingereicht. Darüber entscheidet die nächsthöhere Instanz.« Sie sieht zu mir herüber, ich übersetze, allerdings ohne ihre Geste mit dem nach oben gestreckten Zeigefinger zu wiederholen.

»Damit die zuständige Stelle entscheiden kann, müssen Sie mir nun Ihr Vorhaben so genau wie möglich erläutern. Nur so werde ich es in Ihrem Sinne vor der Kommission vertreten können.«

Der Klient ist nervös, sein Plan, ein souveränes Lächeln zu produzieren, scheitert kläglich, und es ist ihm deutlich anzusehen, dass er überrascht ist. Er wippt mit dem Bein, zieht einen Kugelschreiber aus der Jacketttasche und dreht ihn zwischen den Fingern, legt ihn weg, fährt sich mit der Hand über den Nacken, greift sich ins Gesicht. Die Sozialarbeiterin fragt, ob alles in Ordnung sei, und ich habe den Eindruck, dass er sie genau verstanden hat, aber meine Vermittlung benutzt, um Zeit zu gewinnen. Endlich atmet er durch und setzt zur Beschreibung seiner Geschäftsidee an. Offensichtlich hat er sich vorbereitet, allerdings nicht gut. Er weicht nach ein paar wenigen Sätzen vom Plan ab. Die Wörter geraten ihm mindestens eine Nummer zu groß, sie hängen am Inhalt seiner Rede wie zu weite Kleider an einem zu schmächtigen Körper.

»Es tut mir leid«, sagt die Sozialarbeiterin, »aber ich verstehe immer noch nicht, was für eine Dienstleistung Ihre Firma anbietet. Oder anbieten würde, um genauer zu sein.«

Der Mann greift nach dem Wasserglas, trinkt einen Schluck, stellt das Glas ab und dreht es hin und her. Das Geräusch auf der Glasplatte ist unangenehm, er merkt es und schiebt das Glas von sich. Feymann würde an dieser Stelle in den nächsten Gang schalten, fällt mir ein, und es kostet mich einige Mühe, diesen Klienten in Gedanken nicht in unseren Verhörraum zu bringen.

»Also ... es ist im Grunde ein Kommunikationsmodell. Die erste Phase beinhaltet die Analyse. Wir analysieren, was an Vorhandenem ... also sozusagen vorhanden ist.«

Die Sozialarbeiterin schreibt etwas in ihren Block, es ist nur ein Satz, und ich wäre nicht überrascht, wenn er nichts mit diesem Klienten zu tun hätte. Sie nimmt ihre Brille ab und hält sie gegen das Licht. Der Klient fährt sich mit der Hand übers Gesicht, greift nach dem Wasserglas, setzt es gleich wieder ab, räuspert sich. Wie es aussieht, hat auch er den Eindruck, die Aufmerksamkeit der Sozialarbeiterin verloren zu haben, und darum tut er, was alle schlechten Manipulatoren tun: Er versucht es mit noch größeren Wörtern und spricht von »... unglaublich ... fantastisch ... einmalig ... ideal ...« Nun schwindet auch mein Interesse; das tut gut.

»Und konkret? Wie soll ich mir das konkret vorstellen?«, fällt ihm die Sozialarbeiterin ins Wort. Er will etwas sagen, aber sie schüttelt den Kopf und neigt sich nach vorne. »Ich mache Ihnen einen Vorschlag: Verkaufen Sie Ihre Dienstleistung uns beiden.« Sie zeigt auf sich und mich. »Hier und jetzt.«

Na endlich, denke ich und bin wieder beinahe neugierig.

»Das kann man so nicht ...«, stammelt der Klient und greift in die leere Innentasche seines Jacketts, der Kugelschreiber ist immer noch auf dem Tisch. »Sie sind nicht ... Und man bräuchte mehr Zeit ...«

Die Sozialarbeiterin schließt ihren Block: »Wir melden uns bei Ihnen. Schriftlich.« Sie steht auf, der Klient und ich tun es ihr nach.

Das hier wird keinen Folgeauftrag nach sich ziehen, vermute ich und versuche, eine unangenehme Erinnerung abzuschütteln, die mich aus dem Hinterhalt befallen hatte. Sollte mir das nicht gelingen, kann ich immer noch ins Kunsthaus, es ist früh.

¶

Meine Mutter und ich sahen uns im Kino »Die unendliche Geschichte« an, nur wir zwei, Alfred musste ins Atelier. Das fand ich großartig, auch wenn ich ziemlich sicher war, dass er nicht malte, sondern sich mit der Frau aus dem Café traf. Ich hoffte, dass meine Mutter ihm die Geschichte mit dem Atelier glaubte, und gleichzeitig schämte ich mich dafür, als würde ich sie auch ein wenig betrügen, indem ich sie nicht in meinen Verdacht einweihte. Nach der Vorstellung schlenderten wir nach Hause, meine Mutter hatte gute Laune, wir plauderten über Bastian, die Kindliche Kaiserin und über das traurige Schicksal von Atréjus Pferd. Ich fragte im Spaß, ob sie sich manchmal auch vor dem Nichts fürchtete. Meine Mutter wurde ernst.

»Ja«, sagte sie. »Das Nichts ist schlimm. Das Schlimmste.«

Ich bereute meine Frage, die heitere Stimmung, die wir aus dem Kino mitgenommen hatten, schien verflogen.

»Kaufst du mir ein Eis«, fragte ich, um das Thema zu wechseln. »Eine Kugel Haselnuss und eine …«

»Nein, das stimmt nicht«, unterbrach sie mich. »Das Schlimmste ist die Angst.«

Ich verdrehte die Augen, meine Mutter fuhr fort: »Alfred trägt so viel Angst in sich, weißt du? Als hätte er einen Sack voller Angst geschultert.«

Ich verstand nicht, und es gefiel mir nicht, dass sie Alfred erwähnte. Sie merkte es und blieb stehen. »Du magst Alfred nicht, das habe ich längst bemerkt. Aber weißt du was? Alfred hatte es nicht leicht im Leben. Seine Mutter starb, da war er erst sechs. Sein Vater war zu streng. Der war Kriegsgefangener bei den Russen gewesen. In Sibirien. Sie haben ihn geschlagen und unters Wasser gehalten, ihn gefesselt und ihm dann hungrige Ratten ins Hemd geschoben. Und sie haben andere schlimme Dinge mit ihm getan, die kann ich gar nicht erzählen.« Sie sah mich erwartungsvoll an. Ich wusste nicht, wie ich nun reagieren sollte, darum zuckte ich mit den Schultern. Sie fuhr fort: »Und er hatte einen Schaden davongetragen.« Sie tippte sich mit dem Zeigefinger gegen die Stirn. Ich verstand es als Zeichen, dass sie sich etwas entspannte.

»Den hat er an Alfred vererbt«, sagte ich.

Meine Mutter wurde zornig: »Was redest du da? Wie kannst du nur so gemein sein? Du hast keine Ahnung, wie das war. Damals, im Krieg, da musste man hingehen und schießen und ...«

»Ich weiß, ich weiß«, fiel ich ihr ins Wort. »Atréju ist auch ein Krieger und muss kämpfen.« Ich wollte keinen Streit und suchte nach einem Ausweg aus der Tiefe. Meine Mutter sagte, das sei etwas ganz anderes, das Leben sei kein Kinderfilm.

»Ich habe dir nicht alles erzählt«, sagte sie und ging vor mir in die Hocke. »Was ich dir jetzt sage, bleibt unter uns, klar?« Ich nickte. »Alfreds Vater hat nämlich etwas sehr Schlimmes getan. Er hat unter Folter seine Kameraden belastet. Darauf haben die Russen sie erschossen. Er hat sich das nie verziehen. Er war fast immer betrunken, und wenn er keinen Schnaps finden konnte, trank er alles, was Alkohol enthielt, auch Rasierwasser.«

»Hat dir das Alfred erzählt?«, fragte ich und bereute es sofort.

»Was willst du damit sagen? Dass er gelogen hat?« Meine Mutter schüttelte ungläubig den Kopf. »Dazu hast du kein Recht.«

Ich sagte, dass er vielleicht die Wahrheit erzählt habe. Aber nicht Alfred sei in Sibirien gewesen, sondern sein Vater. »Was hat Alfred mit der ganzen Sache zu tun?«, fragte ich.

»Viel mehr, als du verstehen kannst. Alfred wurde von seinem Vater oft geschlagen. Und in den Keller gesperrt. Einmal fand er eine Schachtel mit leeren Papierbögen. Er nahm ein Stück Kohle und begann zu zeichnen. So hatte er weniger Angst.«

Ich fand die Geschichte seltsam und war mir ziemlich sicher, dass Alfred sie erfunden hatte. Aber ich schwieg.

»So ist er Maler geworden, verstehst du? Weil er Angst hatte«, sagte meine Mutter, nun bereits besänftigt.

»O.k., sein Vater war nicht nett zu ihm. Aber dann könnte Alfred wenigstens nett zu dir sein«, sagte ich. Ob das nun logisch war oder nicht, war mir egal. Ich wollte nicht, dass Alfred gut wegkam.

»Er ist nett zu mir. Auf seine Art.«

Das passte nicht, dachte ich, man konnte entweder nett oder nicht nett sein. Es gab nur eine Art, und ich wollte es meiner Mutter zeigen, indem ich sie umarmte. Sie missverstand die Geste.

»Schön, dass du mich verstehst«, flüsterte sie und fuhr mir mit den Fingern durchs Haar.

Wenn ich heute daran zurückdenke, kann ich immer noch die tiefe Traurigkeit spüren, die ich an diesem Abend nach Hause trug.

¶

Der Mann hat die Unterarme auf den Tisch gelegt und die Finger ineinander verschränkt. Er hält den Blick gesenkt, spricht so leise, dass ich mich anstrengen muss, um ihn zu verstehen.

»Erzählen Sie.« Der Beamte schiebt das Blatt mit dem Fragenkatalog zur Seite, rückt seinen Notizblock zurecht und gibt der Protokollführerin ein Zeichen. Die Rechtsvertreterin öffnet ihr Heft und setzt den Kugelschreiber an. Er sei, wie bereits erwähnt, verhaftet und gefoltert worden, weil er ei-

ne politische Bewegung gegründet habe, sagt der Mann.

»Allein?«, fragt der Beamte.

»Mit meinem Bruder.«

»Wie heißt die Bewegung?«

»Bewegung für Fortschritt und Freiheit.«

Ich übersetze und weise auf die Alliteration auch in der Originalsprache hin.

»Wie haben Sie es geschafft zu entkommen? Aus dem Gefängnis.«

»Ich habe den Wachmann bestochen. Die sind alle korrupt.«

»Womit haben Sie ihn bestochen?«

»Mit Geld. Dollar. Ich hatte sie versteckt. Im Saum meiner Hose.«

Während ich übersetze, sieht mich der Mann feindselig an. Ich überlege, ob ich den Grund wissen will, und entscheide mich dagegen.

»Und Ihr Bruder?«, schaltet sich die Rechtsvertreterin ein.

Der Mann senkt den Blick. »Sie haben ihn getötet. Beim Verhör.«

»Warum ist Ihr Bruder nicht ebenfalls geflohen?«, fragt der Beamte.

»Ich weiß es nicht.«

»Konnten Sie ihm nicht helfen? Mit dem versteckten Geld?«

»Glauben Sie, ich hätte es nicht versucht?«

»Haben Sie?«

»Klar habe ich. Aber er war in einem anderen Gebäude. Ich wusste nicht, wo.«

»Hatten Sie und Ihr Bruder damit gerechnet? Dass man Sie verhaften könnte?«

»Klar habe ich immer damit gerechnet«, knurrt er. »Sie haben mir oft gedroht.«

»Die Polizei?«

Der Blick des Mannes huscht zwischen dem Beamten, der Rechtsvertreterin und mir hin und her, als müsste er überlegen, wem er antworten soll. Schließlich entscheidet er sich für den Beamten: »Ja, die Polizei. Und die Schläger des Präsidenten. Und ...« Er blickt auf seine Hände und schüttelt den Kopf.

»Und?«, fragt der Beamte.

Der Mann schweigt, neigt sich nach vorne und ballt die Fäuste. Der Beamte bleibt ruhig, fixiert den Mann und sagt leise: »Wer hat Ihnen sonst noch gedroht?«

»Glauben Sie mir nicht?«

»Darum geht es im Moment nicht«, sagt der Beamte und macht sich eine Notiz.

»Worum geht es dann?«, fragt der Mann und wirkt verwirrt.

»Erst mal um Ihre Aussage. Wir müssen sie protokollieren. Und überlassen Sie das Fragen mir.«

Ich beginne zu übersetzen, aber der Mann fällt mir ins Wort: »Ich sage die Wahrheit. Aber Sie glauben mir nicht. Sie mussten noch nie ohne Papiere über die Grenze.« Er spricht nun lauter und schneller, wirft die Worte hastig auf den Tisch, als wären sie heiß. Er wirft einen Blick zur Rechtsvertreterin hin, sie ist bereit.

»Das stimmt, ich habe so etwas noch nie erleben müssen«, sagt der Beamte. »Allerdings habe ich auch ein paar Erfahrungen mit der Grenzpolizei gemacht, Sie würden staunen.« Er scheint kurz nachzudenken. »Aber nun erzählen Sie, wie Sie es über die Grenze geschafft haben«, sagt er und lehnt sich zurück. Die Protokollführerin rückt ihren Stuhl zurecht.

Als ich eine Stunde später auf die Straße trete, regnet es für den Regenschirm zu schwach und fürs Schlendern zu stark. Ob dem Beamten auch aufgefallen ist, was in der Geschichte des Mannes nicht zusammengepasst hat? Noch auf dem Weg in die Buchhandlung ärgere ich mich über die Frage und darüber, dass ich sie bis hierhin mitgenommen habe. Meine Wahl fällt auf einen dicken Island-Krimi. Er dürfte passen – auch zum Wetter.

¶

Es war ein Zufall, kein Plan. Herr Stauber wollte mich nicht in der Schulmannschaft haben, die morgige Bezirksmeisterschaft sei zu wichtig, er dürfe kein Risiko eingehen. Ich war weder überrascht noch enttäuscht.

»Ten Holt, du Niete«, sagte er, »wir wissen alle, dass du nicht Fußball spielen kannst. Aber du könntest dich trotzdem nützlich machen. Hast du eine

Kamera?« Ich nickte. »Bring sie morgen mit, wir brauchen Fotos vom Turnier.«

Ich sagte zu Hause nichts aus Angst, dass Alfred mir verbieten könnte, die Olympus in die Schule mitzunehmen. Ich verstaute die Kamera sorgfältig in meiner Schultasche und packte auch das Teleobjektiv ein, für alle Fälle. Herr Stauber drehte die Kamera hin und her und gab mir ein paar Filme. »Die müssen für alle Spiele reichen, teile sie gut ein«, sagte er. Ich hängte mir die Tasche mit den Filmen, den Ersatzbatterien und dem Teleobjektiv um und kam mir ziemlich wichtig vor. Als es losging, rannte ich entlang der Spielfeldlinie, kauerte mich immer wieder hin, suchte, drehte am Objektiv und drückte den Auslöser. Meine Schulkameraden stürmten und verteidigten, schimpften und jubelten, aber ich kam mir nicht ausgeschlossen vor. Im Gegenteil, ich war dabei und bereits nach zwei Filmen kam ich mir wie ein richtiger Fotoreporter vor.

Als auch das Endspiel vorbei war und ich das letzte Bild von der Siegermannschaft und vom Pokal geschossen hatte, war noch ein ganzer Film übrig. Herr Stauber klopfte mir auf die Schulter: »Gut gemacht, ten Holt. Du kommst auf dem Nachhauseweg am Foto Höferlin vorbei, nicht wahr? Sag dem alten Höferlin, dass wir die Fotos spätestens am Freitag brauchen. 13 x 18.«

Ich war sehr neugierig auf die Fotos und machte mich umgehend auf den Weg. Gerade als ich in den Laden hineingehen wollte, sah ich sie: Alfred und die Frau von neulich. Sie standen an einem runden Stehtisch vor einem Kaffee-Ausschank und unterhielten sich angeregt. Sie lachte, er gestikulierte, und zum Glück waren sie abgelenkt. Ich huschte hinter die Hausecke und spähte hervor. Alfred beugte sich zur Frau hinunter und flüsterte ihr etwas ins Ohr. Sie machte eine wegwerfende Handbewegung, schüttelte den Kopf. Ohne zu überlegen, was ich tat, nahm ich die Kamera aus der Tasche und richtete sie auf die beiden. Der Kameraverschluss klickte laut, ich fürchtete schon, sie würden es hören, aber da dröhnte gerade eine Straßenreinigungsmaschine in ihre Richtung. Ich fasste neuen Mut, machte ein paar Schritte auf Alfred und die Frau zu, kauerte mich hinter einen geparkten Wagen und fotografierte über die Motorhaube hinweg weiter. Als der Film fertig war, lehnte ich mich an das Autorad und atmete tief durch. Erst da begann mir zu dämmern, was ich gerade getan hatte, und ich fühlte Angst und Begeisterung zugleich. Nun hatte ich endlich den Beweis, jetzt würde meine Mutter alles erfahren. Würde Alfred zuerst ein paar erbärmliche »Erklärungen« stammeln? Danach würde er von der Sozialhilfe leben müssen, denn es war inzwischen klar, dass seine Schmierereien kein Geld einbrachten. Irgendwann würde er bei uns vor der Türe stehen und meine Mutter anflehen, ihn wieder aufzunehmen. Aber wir werden standhaft bleiben und ihn ohne eine Spur von Mitleid abweisen.

Ich ging wie ein Schlafwandler ins Fotogeschäft, gab Herrn Höferlin die Filme vom Fußballturnier und auch die Spule, die ich vorhin hastig aus der Kamera herausgeklaubt hatte. Er packte alles in ein Couvert, riss den oberen Teil ab und gab ihn mir zurück. »Donnerstagnachmittag«, sagte er.

¶

Die Fotos waren gut, die einen und die anderen. Ich gab Herrn Stauber jene vom Turnier. Sie gefielen ihm so gut, dass er vergaß, die Menge der Bilder mit den Filmspulen abzugleichen, die er mir gegeben hatte.

Nach der Schule nahm ich den Umweg durch den kleinen Park am Weiher. Dort setzte ich mich auf eine Bank und sah den Stapel durch. Alfred und die Frau waren auf den meisten gut zu erkennen. Die Frau lachte, Alfred sah grimmig drein. Etwas weiter im Hintergrund stand ein dicker Mann und schaute den beiden zu, ich hatte ihn beim Fotografieren nicht bemerkt, sein Gesicht war verschwommen, die Kamera hatte nur die Mitte des Feldes scharf gestellt. Auf einem Bild hielt Alfred seine Hände vor dem Körper, seine Handflächen wiesen nach unten, als versuchte er, die Frau zu beschwichtigen. Auch das war mir nicht aufgefallen, ich war zu aufgeregt und zu sehr mit meiner Angst beschäftigt gewesen. Es ärgerte mich zwar, dass mir kein einziges Bild von Alfreds Versuchen, die Frau zu küssen, gelungen war. Aber ich hatte ihre Gesichter, das würde reichen.

¶

Sie sitzen in den entgegengesetzten Ecken des Warteraums und vermeiden jeden Blickkontakt. Trotzdem – oder genau deswegen – kann es keinen Zweifel geben, dass sie zusammengehören. Ich schätze sie auf Mitte vierzig. Sie sind teuer, aber nicht übermäßig elegant gekleidet. Der Mann hat dunkle Haare, seine wilden Augenbrauen passen nicht zum fein geschnittenen, glatt rasierten Gesicht. Er wischt über sein Smartphone, etwas zu heftig, als dass die Geste gelassen wirken würde.

Die Frau, dunkelblond, dezent geschminkt, Brille, Perlenkette, ist vorerst erfolgreicher. Sie hat die Beine übereinandergeschlagen und betrachtet das Plakat an der Wand gegenüber mit genau so viel Interesse, wie es bei dessen Banalität angebracht ist. Einzig der Zeigefinger ihrer rechten Hand verrät die Unruhe, er klopft unaufhörlich auf die Armlehne, vermutlich im Rhythmus ihres Herzschlags.

Ich sehe zum Mann hin, suche aus purer Langeweile nach weiteren Missklängen in seinem Verhalten, nach Hinweisen auf die unterdrückte Nervosität. Er sitzt zurückgelehnt, den rechten Arm lässig auf die Armlehne gelegt, den linken hält er angewinkelt, den Ellbogen aufgestützt, sein Daumen wischt gewollt unaufgeregt über den Bildschirm. Er blickt auf, sieht mich uninteressiert an und wendet sich wieder seinem Telefon zu. Dann schaltet er es aus, nimmt es in die rechte Hand und verstaut es in der linken Innentasche seines Jacketts. Da haben wir es, denke ich, und kann mir ein Schmunzeln gerade noch verkneifen. Ein verwirrter Linkshänder. Oder einer, der sich in Selbstbeherrschung übt. So oder so: ein interessanter Fall.

Die mit dieser Beratung betraute Behördenvertreterin, eine Frau in ihren Fünfzigern und vermutlich Juristin, erscheint in der Tür, begrüßt uns eher gelangweilt als freundlich und bittet uns ins Besprechungszimmer. Der Mann ist schneller bei der Tür, seine Frau bleibt stehen und wird von der Gesprächsleiterin noch einmal ermuntert einzutreten. Ich gehe wie üblich als Letzter hinein und wähle meinen Sitzplatz erst, als die Frau und der Mann sich gesetzt haben. Sie haben sich so weit auseinander positioniert, wie es der Tisch erlaubt. Ich setze mich dazwischen.

Die Ehefrau klopft mit dem Zeigefinger auf den Tisch, der Ehemann, immer noch sehr um Lässigkeit bemüht, sieht sich die Wand gegenüber an. Sein Blick streift eine Spur zu schnell über die Reproduktion von Picassos *Friedenstaube,* und so muss er es vor dem Gesprächsbeginn noch einmal tun. Ich spule meinen Text über die Schweigepflicht ab, die Gesprächsleiterin blättert in ihren Unterlagen. Dann lehnt sie sich zurück und wirft ihre Brille auf den Tisch. Die Geste hat etwas Ungeduldiges, nahezu Gehässiges, die Brille rutscht ein paar Zentimeter über die Glasplatte auf die Ehefrau zu. Merkt sie, dass hier etwas nicht stimmt?

»Schildern Sie nun bitte den Vorfall, der Sie hierhergeführt hat«, sagt die Gesprächsleiterin eine Spur zu laut. Die Ehefrau greift nach dem Wasserglas, nippt daran, räuspert sich. Als sie endlich spricht, ist ihre Stimme dünn und brüchig. Sie versucht es mit der Lautstärke auszugleichen, der Erfolg ist mäßig. Ihr Blick ist auf ihr Gegenüber geheftet, sie vermeidet es selbst dann, mich anzusehen, als ich mich mit einer übersetzten Frage direkt an sie wende. Das stört mich nicht, ich weiß, warum sie es tut. Rechts von mir sitzt ihr Mann, und die Gefahr ist groß, dass ihr Blick an mir vorbeirutschen und auf ihn fallen könnte. Ich übersetze nahezu simultan, möchte ihren Redefluss nicht unterbrechen, ihre Stimme wird mit jedem Satz fester, ihr Atem geht ruhiger.

Nun wird der Mann nervös, auch er schenkt sich ein Glas Wasser ein und hebt es mit der linken Hand an den Mund. Ich schmunzle im Verborgenen, das Verwirrspiel ist also zu Ende, er scheint der Sache doch nicht gewachsen zu sein. Ich muss an Feymann denken und daran, wie er uns eingeschärft hat, dass einem auch in der Körpersprache Grammatikfehler unterlaufen können.

Als der Mann aufgefordert wird, seine Sicht der Ereignisse darzulegen, fängt er überraschend verhalten an und schiebt lange Pausen zwischen die Sätze. Das tut er nicht meinetwegen, das ist mir klar, sondern aus Sorge, etwas Unpassendes zu sagen.

Die Pausen sind nützlich, ich muss mich kaum anstrengen.

»Warum würde Ihre Frau Sie verleumden wollen?«, fragt die Gesprächsleiterin.

»Das weiß ich nicht. Fragen Sie sie doch. Sie sitzt Ihnen gegenüber.« Er beugt sich vor, sein Blick sucht den Weg an mir vorbei. Die Frau dreht sich ab. Der Mann greift in die rechte Innentasche seines Jacketts und ist kurz verwirrt. Die Gesprächsleiterin hebt die Hand. »Ich möchte es aber von Ihnen hören. Warum würde Ihre Frau das alles erfinden?« Ich übersetze Wort für Wort, der Mann trommelt mit den Fingern auf den Tisch.

»Um von ihrer Schuld abzulenken.«

»Von was für einer Schuld?«

»Das weiß sie ganz genau.«

»Aber ich weiß es nicht, sie werden es mir schon sagen müssen.« Die Stimme der Gesprächsleiterin wird eine Spur schärfer. Ich bin gespannt, welche Technik der Mann dieses Mal anwenden wird, um Gelassenheit vorzutäuschen. Er tut so, als unterdrückte er ein Gähnen, greift nach der Wasserflasche und schenkt nach. Er schaut mich fragend an, die Flasche noch in der Hand, ich schüttle den Kopf.

»Sie trinkt«, sagt er schließlich. »Und sie betrügt mich.«

Die Frau atmet hörbar aus. Der Mann fährt fort: »Sie wird es abstreiten. Aber es ist die Wahrheit.«

Die Gesprächsleiterin wendet sich an die Frau. »Trinken Sie?«

»Nein.«

»Haben Sie eine Affäre?«

»Nein.«

»Warum würde Ihr Mann so etwas erfinden?«

»Weil er mir schaden will. Und weil er ein Lügner ist.«

Wieder übersetze ich nahezu simultan.

»Ich muss auch seine Version hören und protokollieren. Glauben Sie, dass er weiterhin die Unwahrheit sagen wird?«

Eine seltsame Frage, denke ich. Was würde Feymann dazu sagen? Er ließ Suggestivfragen nur in Ausnahmefällen zu.

»Ja, das wird er«, sagt die Frau und schickt ein kurzes, bitteres Lachen hinterher. Der Mann schüttelt stumm den Kopf. Mittlerweile hat er sein Telefon gefunden und wieder eingesteckt, dieses Mal in die rechte und richtige Innentasche.

Während er erzählt und ich seine Geschichte übersetze, gebe ich mir große Mühe, die Wahrheit nicht bereits nach den ersten Sätzen zu wissen. Das ist schwer, mit jedem Wort des Mannes und mit jeder stummen Geste der Frau wird klarer, was sich tatsächlich abgespielt hat. Ich will es nicht wissen und ich weiß es doch, und das ärgert mich an diesem Tag mehr als sonst.

»Sie verstehen, dass wir mit der Klassenlehrerin Ihrer Tochter reden müssen …«, sagt die Gesprächsleiterin.

»Nein, das verstehe ich nicht«, fällt der Mann mir ins Wort. Er beugt sich über den Tisch und sieht seine Frau an. Sie schaut weiterhin geradeaus, ihr Kinn zittert.

»Was ist schon passiert? Ja, wir machen eine schwierige Zeit durch. Und ja, meine Frau hat zwischenzeitlich die Kontrolle über ihr Leben verloren. Sie ist eine Alkoholikerin. Und sie glaubt, dass der andere Typ in sie verliebt ist«, sagt der Mann und redet weiter, noch bevor ich mit der Übersetzung fertig bin. Seine Frau schnaubt und schüttelt den Kopf. »Aber ich verstehe nicht …« Seine Stimme wird schriller.

Ich lasse ihn nicht ausreden. »Ich muss übersetzen, bitte beruhigen Sie sich erst mal«, sage ich. Die Gesprächsleiterin nickt mir zu.

»Was verstehen Sie denn nicht?«, fragt sie. »Was uns vor allem anderen interessiert, ist die Frage, wie sich die schwierige Zeit, wie Sie es nennen, auf Ihr Kind auswirkt. Und das Kind verbringt viel Zeit in der Schule. Also …« Sie unterbricht sich, damit ich übersetzen kann. »Also müssen wir auch von der Schule hören, wie es dem Kind geht.«

»Wir leben in einem Dorf«, sagt der Mann, nun etwas gefasster.

»Die Lehrerin muss unsere Erkundigung vertraulich behandeln.«

»Ach, das glauben Sie doch selbst nicht. Es wird Gerede geben. Ich kann das nicht zulassen. Meine Arbeit ...«

Ich übersetze, die Gesprächsleiterin schüttelt den Kopf.

»Wir brauchen Ihre Erlaubnis nicht«, sagt sie. »Ich erkläre Ihnen nur, wie das Verfahren abläuft. Ich bin aufgrund des Vorgefallenen gesetzlich verpflichtet, das Verfahren zu eröffnen.«

Der Mann will etwas sagen, aber dann schlägt er mit der flachen Hand auf den Tisch und steht auf, sein Stuhl kippt nach hinten. Die Frau neben mir duckt sich und legt ihre Hände auf den Kopf. Die Gesprächsleiterin springt ebenfalls auf.

»Beruhigen Sie sich«, sagt sie scharf. »Sofort!« Der Mann macht einen Schritt auf seine Frau zu, ich springe ebenfalls auf, er zeigt an mir vorbei mit dem Finger auf sie, seine Hand zittert, er will etwas sagen, aber er bringt kein Wort heraus. Seine Schultern heben und senken sich, er beißt sich auf die Unterlippe.

»Ich lasse mir das nicht länger gefallen«, sagt er gepresst. »Sie hören von meinem Anwalt.« Er drängt sich an mir vorbei und stürmt aus dem Zimmer. Als die Tür ins Schloss fällt, sinkt die Frau in sich zusammen und beginnt zu schluchzen.

Zum Glück ist Mittwoch, denke ich, als ich kurz darauf die Treppe hinuntersteige. Mittwochs ist das Kunsthaus länger offen.

¶

Saß sie gerne Modell? Hatte ihr Vater, ein reicher Onkel oder vielleicht ihre Mutter alles arrangiert? Hatte sie sich bloß gefügt, vielleicht widerspenstig, vielleicht mit folgsam gesenktem Blick? Sie ließ sich schminken, pudern, kämmen und in dieses große, warme, steife Kleid einschnüren, man zupfte eine Falte am Ärmel zurecht, legte ihr den Spitzenumhang um und strich ihn mit großer Sorgfalt glatt, man hob die Locken ein wenig an und ließ sie behutsam auf den gestärkten Stoff gleiten, jemand wurde angewiesen, die Brosche aus der kleinen Truhe zu holen und noch einmal über die Steine zu wischen, jemand, ihre Mutter oder ihre Zofe, wird ihr die Perlenkette um den Hals gelegt und einige Mühe auf das Einrasten des Verschlusses verwendet haben, die Kette war zu eng, man würde sie anpassen müssen. Es folgten die Ohrringe, der Haarreif, eine letzte Kontrolle der Locken und der Schlaufen. Endlich ließen alle von ihr ab, der Maler gab ihr ein paar kurze Anweisungen, wie sie sich zum Licht hindrehen sollte. Dann begann er zu skizzieren, konzentriert, mit zusammengepressten Lippen, mit kritischem Blick, der sich nur noch für die Kunst, nicht für das Modell zu interessieren schien. Sie wollte sich nicht anmerken lassen, dass sie nervös war, sie versuchte, einen leicht spöttischen Ausdruck aufzusetzen, wollte ein unverfälschtes Bild, aber eins, das genau jene Stimmung vermittelte, die sie und niemand anderes ausgewählt hatte. Der Maler sollte nur so weit hinter die Kulissen schauen, wie sie es ihm erlaubte.

Begriff sie, als sie das fertige Bild sah, dass der Maler ihren Täuschungsversuch durchschaut und genau darum ein so großartiges Bild geschaffen hatte? War sie über seinen Scharfblick glücklich oder erbost?

¶

FEYMANN

- Kann man auch mit der Körpersprache lügen?
- Selbstverständlich, ten Holt.
- Wenden wir sie nicht unbewusst an?
- Doch.
- Steckt nicht genau darin ihre Untrüglichkeit?
- Nein. Darin steckt ihr Potenzial.
- Für die Verhüllung von Lügen?
- Und für die Enthüllung von Wahrheit, ten Holt.
- Wie mache ich das?
- Indem du erkennst, dass jemand seine Automatismen abstreift und sich neue zulegt.
- Das geht?
- Du wirst staunen.

¶

Zu Hause war ich nicht mutig genug, die Bilder meiner Mutter direkt zu überreichen. Ich wollte ihren Schock und danach ihre Traurigkeit nicht sehen, die Enttäuschung, die sie zusammenbrechen lassen würde. Ich wollte für sie da sein, das schon, wollte sie trösten und in ihrem Entschluss bestärken, Alfred sofort auf die Straße zu setzen. Aber ich war zu feige, ihren Schmerz zu sehen, und wollte warten, bis sie den Weg zur Wut gefunden hatte. Also steckte ich die Fotos in einen Umschlag und legte ihn am nächsten Morgen in den Briefkasten.

Als ich aus der Schule kam, saß meine Mutter am Esstisch und blätterte in einer Zeitschrift. Daneben lagen der Umschlag und die Fotos. Sie sah auf und winkte mich heran.

»Weißt du etwas darüber?«, sagte sie streng und zeigte auf den Stapel. Ich hätte das erwarten müssen, aber nun war ich völlig überrumpelt, das Herz schlug mir bis zum Hals.

»Nein«, stammelte ich. »Was … Was ist das?«

»Schau genauer hin«, sagte sie und hielt mir ein Foto vor die Nase. Ich sah Alfred und die Frau, ein rotes Dach im Hintergrund, den dicken Mann. Und dann der Schock: Am rechten Bildrand, gerade noch zu erkennen, war ich: mein Spiegelbild im Schaufenster, hinter dem Auto kauernd, den Fotoapparat in der Hand, den Rucksack daneben an das Autorad gelehnt. Im ersten Augenblick wollte ich protestieren, sagen, das sei doch nicht ich, ich wollte doch nur, das sei doch, ich hätte es nicht so … Doch plötzlich stieg ein Zorn in mir auf, wie ich ihn in meinen dreizehn Lebensjahren noch nie gespürt hatte. »Er betrügt dich«, schrie ich. »Da, da« – ich wies auf das Foto – »da siehst du es selbst. Er hat eine andere. Er lügt dich an. Er macht sich über dich lustig.« Ich wischte mir über die Augen, wollte nicht weinen, bloß nicht weinen.

»Ach ja?«, sagte sie. »Ist das alles, was dir dazu einfällt?«

»Wie? Was meinst du?«

»Diese Bilder«, schrie sie und wechselte ins Deutsche. »Du hast sie heimlich gemacht und sie mir dann heimlich in den Briefkasten gelegt, und nun kommst du dir so wichtig vor, als hättest du Amerika entdeckt.«

»Aber …«

»Nichts aber! Das ist so … so fies und gemein! Schäm dich!«

»Aber das ist die Wahrheit, das auf den Bildern«, schrie ich zurück, immer noch auf Spanisch, die Sprache war mein Rettungsring. »Alfred betrügt dich. Du siehst …«

»Nein!«, schrie sie zurück. »Ich sehe, wie Alfred mit einer Bekannten Kaffee trinkt. Das ist alles. Und selbstverständlich habe ich …«

In diesem Augenblick trat Alfred ins Zimmer. »Du kleine Ratte«, knurrte er. »Du wolltest mich anschwärzen, wie? Du dachtest, du hättest mich … erwischt?« Er lachte höhnisch. »Als wäre es verboten, mit einer alten Bekannten Kaffee zu trinken. Einer Malerin. Deine Mutter versteht das, sie braucht deine … Unterstützung nicht.«

Meine Mutter nahm die Fotos und warf sie in den Papierkorb. »Geh mir aus den Augen!«, zischte sie. Einen winzigen Moment lang hoffte ich, dass sie Alfred meinte. Doch dann traf mich ihr Blick. »Geh in dein Zimmer. Wir sprechen uns noch!«

Ich stolperte hinaus, fand den Weg in mein Zimmer, schnappte mir meinen Rucksack, stopfte irgendetwas hinein, ein paar Kleider und Comics, fegte die Bücher vom Regal auf den Boden, schmetterte die Tischlampe gegen die Wand, stieß den Tisch um, rannte aus dem Zimmer und auf die Straße, ein Autofahrer hupte, ich zeigte ihm den Mittelfinger oder ich schrie ihn nur an, die Einzelheiten wurden von meiner Wut gefressen. Es war, als hätte jemand alle Fenster geöffnet, alle Kerzen ausgeblasen. Plötzlich stand ich am Bahnhof, sah einen Zug, stieg ein, drückte den Rucksack gegen meine Brust, wollte nicht weinen. Der Schaffner baute sich vor mir auf, fragte nach der Fahrkarte. Ich brachte kein Wort heraus, schaute aus dem Fenster und hoffte, warum auch immer, dass er weitergehen würde. Er wollte meinen Namen und meine Adresse wissen, zunächst leise, dann immer lauter. Ich fand keinen Namen, der gepasst hätte, und so schwieg ich. Dann waren die beiden Bahnpolizisten da.

Die Bahnpolizei brachte mich nach Hause. Meine Mutter machte einen ungeschickten Versuch, mich zu umarmen, ich stand steif da und wünschte mir die Kraft, sie zurückzuweisen, meine Wut am Leben zu halten. Alfred saß am Tisch, vor ihm eine Flasche, ob Wein oder Schnaps, weiß ich nicht mehr. Er schaute mich von unten an, sein Blick bahnte sich mühsam einen Weg durch die buschigen Augenbrauen. Ich versuchte möglichst viel Hass in meinen Blick zu legen, aber ich kam nicht bis zu Alfred durch. Meine Mutter hielt mich an den Händen und fragte immer wieder auf Deutsch: »Was hast du dir nur dabei gedacht, mein Junge? Was hast du dir nur dabei gedacht?«

Ich weiß nicht mehr, ob auch Alfred etwas sagte und wie ich schließlich den Weg in mein Zimmer fand. Meine Mutter muss es inzwischen halbwegs aufgeräumt haben, es lagen keine Scherben mehr auf dem Boden. Ich frage mich heute noch, warum sie das getan hat und ob es nicht dringender gewesen wäre, mich zu suchen, als meine Sachen zu ordnen. Als ich sie einmal darauf ansprach, sagte sie, dass sie sich an den Abend nicht mehr erinnere. Ich muss es ihr glauben.

¶

FEYMANN

- **Der Verdächtige macht zu. Wie willst du ihn zurückholen, ten Holt?**
- **Indem ich den Druck verstärke.**
- **Er wird schweigsamer. Oder unzuverlässiger.**
- **Dann verlege ich mich auf die Freundlichkeit.**
- **Wenn das nicht ausreicht?**
- **Dann weiß ich nicht weiter.**
- **Ein Vorschlag: Frag ihn nach seiner Familie. Wenn er Kinder hat, frag ihn, wie alt sie sind. Wenn nicht, nach seiner Mutter oder seinem Vater oder seinem besten Freund.**
- **Damit er redet?**
- **Damit er sich in eine Welt begibt, in der es ihm gut geht.**
- **Und wenn er weiterhin schweigt?**
- **Erzähl ihm von einer Welt, in der es dir gut geht.**

¶

Ich lief noch einige Male von zu Hause weg, aber ich kam nie sehr weit. Vielleicht war ich nicht schlau genug, vielleicht gab es andere Gründe. Die strenge Frau meinte, ich würde auf diese Weise um die Aufmerksamkeit meiner Mutter kämpfen. Sie sagte das mit anderen Worten, aber ich verstand schon, worauf sie hinauswollte, so schlau war ich nun doch. Hatte sie recht? Vielleicht. Nur hatte der Plan nicht funktioniert. Meine Mutter war überfordert, sie weigerte sich einzusehen, dass ihr die Kontrolle entglitt, und sie war unfähig zu erkennen, was nicht zusammenpasste.

Schließlich wandte sich die Schule an die Kinderschutzbehörde, vermutlich auf Anregung der strengen Frau. Meine Mutter und Alfred wurden zu einem Gespräch vorgeladen. Ich las den Brief der Behörde, er lag offen auf dem Tisch. Darin stand etwas von »Kindeswohl« und »Gefährdungsmeldung«, ich verstand das meiste nicht, aber ich hoffte, dass sich das im Brief angekündigte »Verfahren« gegen Alfred richten würde. In meiner kindlichen Vorstellung saß er schon im Gefängnis, ohne Recht auf Besuch, und das für immer.

¶

Die Klientin murmelt einen Gruß, als ich ins Wartezimmer trete. Ich erkenne sie wieder: die Frau des falschen Rechtshänders, der mit seinem Anwalt gedroht hat. Ich frage sie nicht, wie es ihr geht, das werde ich vermutlich gleich erfahren. Sie ist weniger nervös als damals, allerdings scheint sie in großen Sorgen zu sein, sie starrt auf den Boden, greift sich immer wieder an die Stirn, atmet hörbar ein und aus, nimmt ihr Telefon und schaut lange darauf, versorgt es wieder, lehnt sich zurück, schließt die Augen.

Die Gesprächsleiterin erscheint im Türrahmen, es ist dieselbe wie neulich, sie entschuldigt sich für die kleine Verspätung, wünscht uns einen guten

Morgen und bittet uns mitzukommen. Im Besprechungszimmer setzen wir uns gleich wie beim letzten Mal, die Frau wirft einen schnellen Blick auf den leeren Stuhl neben mir. Ich lese ihre Gedanken.

Die Gesprächsleiterin erklärt den Zweck des Treffens und fragt die Frau, wie es ihr nun nach der Trennung gehe.

»Nicht gut.«

»Warum?«

Die Frau hebt verwundert den Kopf: »Ich habe mich von meinem Mann getrennt… Asim, also mein Sohn, fragt nach seinem Vater. Ich kriege keine Alimente. Und…«

Die Gesprächsleiterin hebt die Hand und bittet die Frau, mir die Zeit für die Übersetzung zu geben.

»Und ich brauche die Unterschrift meines Mannes, wenn ich mit Asim verreisen will. Asim hat keinen Pass.«

»Und Ihr Mann weigert sich zu unterschreiben?«

»Er weigert sich, mit mir zu reden. Er sagt, das mit dem Reisepass sei mein Problem.«

»Darum haben Sie beantragt, dass Sie das alleinige Sorgerecht bekommen?«

Die Frau nickt und will etwas sagen, aber die Gesprächsleiterin ist schneller. »Hat es weitere Vorfälle dieser Art gegeben?«

Ich übersetze wortgetreu, auch wenn ich die Frage nicht sehr geschickt finde. Der Reisepass und die Gesprächsverweigerung sind wichtige Anliegen, finde ich, man sollte sie nicht so schnell fallen lassen. Sofort ärgere ich mich über mein Interesse. Um mich davon abzulenken, ziehe ich mit den Augen die Konturen von Picassos Taube nach. Die Frau sagt, ja, sie habe außerdem große Probleme gehabt, als sie Asim in der neuen Schule anmelden musste. Man habe die Unterschriften beider Elternteile verlangt, und ihr Mann habe auch da seine verweigert.

»Mit welcher Begründung?«

»Ohne Begründung. Einfach so. Um sich an mir zu rächen.«

Die Gesprächsleiterin schweigt. Ich schüttle innerlich den Kopf, sie sollte doch fragen, wofür ... Da legt sie die Fingerspitzen aneinander und erklärt, dass gemeinsames Sorgerecht die Regel sei und dass es sehr gute Gründe geben müsse, wenn einem Elternteil das alleinige Sorgerecht zugesprochen würde. Ob sein Verhalten nicht ausreiche, fragt die Frau und möchte noch etwas sagen. Ihre Stimme versagt, sie kämpft gegen den Zorn, ich vermute, dass der Kampf bestenfalls unentschieden ausgehen wird.

»Ob in Ihrem Fall die Gründe ausreichen, wird man prüfen, allerdings erst, nachdem wir auch mit Ihrem Mann gesprochen haben.«

Die Frau wundert sich, dass die Behörde das nicht längst getan habe. Schließlich liege ihr Antrag bereits mehrere Wochen zurück. Ich vertiefe mich in die Betrachtung der Taube, möchte mich auf keinen Fall über die Verständigung hinaus engagieren.

»Es ist uns noch nicht gelungen, Ihren Mann zu erreichen«, sagt die Gesprächsleiterin und klopft mit dem Kugelschreiber auf den Tisch. Mein Manöver mit dem Bild hat doch nicht geholfen, ich merke, wie der Ärger in mir aufsteigt. Am liebsten würde ich die nächste Frage selbst stellen, aber dann kann ich mich gerade noch beherrschen. Ich sehe aus dem Fenster, das Stück Himmel zwischen den beiden Wohnhäusern ist fleckig-blass, es erinnert an Milch, die unverdächtig aussieht, aber im Kaffee flocken würde. Ich rufe mir den Geschmack in Erinnerung, das ist eine bessere Ablenkung, ich freue mich, als sich eine kleine Übelkeit einstellt und mir zeigt, dass ich auf dem richtigen Weg bin.

»Und wenn er sich weiterhin weigert?«, fragt die Frau und sieht die Gesprächsleiterin und dann zum ersten Mal heute auch mich an.

»Wenn er sich weigert, können wir ihn vorladen. Mit einem eingeschriebenen Brief. Und wenn er weiterhin nicht reagiert, können wir das als Desinteresse am Wohlergehen seines Kindes deuten und …«

Ich spüle in Gedanken den Geschmack verdorbener Milch mit einem Williams runter und nehme mir vor, einen dicken Krimi zu kaufen, etwas mit einem bizarren Titel, man findet immer wieder solche Bücher und fragt sich, wie der Verlag bloß auf so etwas gekommen ist. Die Frau sagt nichts mehr, sie wirkt müde, ihre Hände hat sie auf den Tisch gelegt, als gehörten sie nicht ihr, sondern seien ein lästiges Fundstück, das sie hier zurücklassen möchte. Die Gesprächsleiterin schiebt ihre Unterlagen in den Aktenkoffer, steht auf und bedankt sich. Sie stellt ein neues Treffen Ende des Monats in Aussicht und öffnet die Tür. Die Frau stolpert ziemlich verwirrt in den Korridor hinaus und geht grußlos am Empfangsschalter vorbei.

Die Gesprächsleiterin quittiert meinen Einsatz auf dem Telefondisplay. »Können wir einen Folgetermin vereinbaren?«, fragt sie. »Provisorisch, ich muss ja erst den Ehemann erreichen.«

Ich stimme ohne Begeisterung zu.

Der neue Krimi heißt »Der Tod des inkontinenten Fleischers«. Ich lasse ihn in der Straßenbahn liegen.

¶

Auch ich wurde zu einem Gespräch bei der Kinderschutzbehörde eingeladen. Meine Mutter begleitete mich, aber sie durfte nicht mit hinein. Der Mann, der uns beim Aufzug abgeholt hatte, bot ihr einen Kaffee oder ein Glas Wasser an und sagte, das Gespräch würde ungefähr eine halbe Stunde dauern. Ich wollte nicht alleine hineingehen und überlegte, ob ich Deutsch verstehen soll oder behaupten, meine Mutter müsse für mich dolmetschen. Sie strich mir über den Kopf und sagte, ich solle mir keine Sorgen machen und einfach auf die Fragen der Leute da drin antworten, das werde ganz schnell vorüber sein. Der Mann lächelte und wies mit dem Kopf zur Tür am anderen Ende des Korridors. »Komm, Felipe, sie warten schon gespannt auf dich.« Auf Deutsch klang das weniger beruhigend, auch passten die Worte nicht zum Korridor und zu den Bildern an den Wänden. Ob das Mama auch auffiel?

Die Leute am großen Tisch verstummten, als wir eintraten. Mein Begleiter zeigte mir, wo ich mich hinsetzen sollte, dann ging er hinaus und zog leise die Tür hinter sich zu. Ich setzte mich, sah mich um und streifte die Anspannung ab, als wäre sie eine kratzige Decke. Der Mann, der mir gegenübersaß, räusperte sich. Er sagte, er heiße Schiller. »Wie der Dichter«, fügte er hinzu und lachte. Auch die strenge Frau war da. Neben ihr saß ein Mann, der sagte, er sei ebenfalls Psychologe. Die Frau neben ihm war sehr jung, sie sah wie eine Schülerin aus und hatte ein aufgeschlagenes Heft vor sich. Die Seiten waren leer. Ich sah zum Fenster hin. Die Scheibe war schmutzig, das überraschte und freute mich. Ich muss gelächelt haben, denn Schiller fragte mich, was denn so lustig sei. Seine Frage erinnerte mich an meine ehemalige Lehrerin Frau Barthol, das passte nicht und war nicht schön. Ich sagte, dass ich darüber nicht reden möchte. Ich weiß nicht, wo ich das herhatte, vermutlich aus irgendeinem Film, den ich mit meiner Mutter im Fernsehen gesehen hatte. Die strenge Frau beugte sich leicht vor, als wollte sie mir ins Gesicht sehen. Die Frau mit dem Heft schmunzelte, wenn auch nur sehr kurz. Schiller sah mich über den Rand seiner Brille an und fragte, ob es denn oft vorkomme, dass ich über etwas nicht sprechen möchte.

»Nicht oft. Manchmal«, sagte ich.

»Öfter als früher?«

»Früher?«

Ich schaute wieder zum schmutzigen Fenster hin.

»Als dein Vater noch bei euch war.«

»Nein, nicht öfter.«

»Aber auch nicht seltener?«, fragte Schiller, und ich überlegte, wie ich zeigen könnte, dass ich die Frage dumm fand, ohne unhöflich zu sein. Es fiel mir nichts ein, und so murmelte ich: »Nein, auch nicht seltener.«

Wie es mir denn gehe, nun, da meine Mutter einen Partner hatte?

Ich sagte, Alfred sei kein Partner.

Was er denn sei.

»Ein Lügner. Er passt nicht zu uns.«

Sie tauschten einen schnellen Blick. Der Psychologe schüttelte kaum merklich den Kopf.

»Du hast mir erzählt, dass es dir zu Hause nicht mehr gefällt, seit ihr zu dritt seid«, sagte die strenge Frau. Ich nickte. Schiller fragte, ob Alfred grob oder gemein zu mir sei.

»Ja. Aber das ist nicht schlimm«, sagte ich.

»Nicht schlimm? Also wenn jemand zu mir gemein wäre ...« Schiller versuchte ein Lächeln.

Alfred sei grob und gemein zu meiner Mutter, sagte ich. Er mache sich lustig über sie. Auch habe er eine andere.

»Bist du dir sicher?«, fragte die strenge Frau. »Deine Mutter hat uns nichts davon erzählt.«

Ich zuckte mit den Schultern.

»Woher weißt du, dass er ... sich mit einer anderen Frau trifft?«, fragte sie wieder.

Ich schwieg.

»Also bist du dir nicht sicher, dass das stimmt?«, fragte Schiller.

Das passt nicht, dachte ich, das passt nicht zusammen, ihre Fragen passen nicht zu meinen Antworten. Sie sollten andere Fragen stellen.

»Gefällt es dir in der Schule?«, versuchte es Schiller wieder. »Hast du viele Freunde?«

Was denn nun, dachte ich. Schule oder Freunde?

»Manchmal gehe ich mit Frinkel in den Park«, sagte ich. »Die Enten vor dem Schwan verteidigen.«

»Ist dieser ... Frinkel dein bester Freund?«, fragte die strenge Frau.

Ich zuckte wieder mit den Schultern.

»Glaubst du, dass du auch deine Mutter verteidigen musst? Weil ihr neuer Partner, ich meine Alfred, nicht gut für sie ist?«, fragte Schiller und gab der Frau, die wie eine Schülerin aussah, ein Zeichen. Sie schrieb etwas in ihr Heft. Die strenge Frau seufzte. Ich überlegte, ob ich von unserem Einkaufsspiel erzählen sollte, vielleicht würden sie besser verstehen, wie wichtig es war zu merken, was passte und was nicht.

»Gibt es Tage, an denen du gern in die Schule gehst?«, fragte die strenge Frau. Die Frage war nicht schwer, aber sie gefiel mir nicht.

»Mittwochs. Zum Schach bei Herrn Kühnel.«

»Und Deutsch? Bei Frau ... wie heißt die Lehrerin?«

»Frau Daum«, sagte ich. »Aber alle nennen sie Frau Kaum. Ihr Lieblingswort.«

Herr Schiller grinste und fragte, ob Deutsch mein Lieblingsfach sei. Ich hätte ja so gute Noten.

»Kaum«, sagte ich, und nun schmunzelte sogar die strenge Frau.

»Und warum nicht?«, fragte Herr Schiller.

»Ich möchte nicht darüber reden«, sagte ich und sah wieder zum schmutzigen Fenster hin.

»Was wünschst du dir?«, fragte die strenge Frau. Schiller beugte sich vor und räusperte sich, aber sie hob die Hand.

»Von Frau Kaum?«, fragte ich.

»Nun ja, auch«, sagte die strenge Frau. »Und von deiner Mutter. Und von uns.«

Ich sah den Psychologen an und überlegte, warum er noch nichts gesagt hatte. Vielleicht war die strenge Frau seine Chefin und er durfte ohne ihre Erlaubnis nicht reden?

»Alfred soll verschwinden«, sagte ich und sah Schiller direkt an.

Die Frau, die wie eine Schülerin aussah, griff nach ihrem Kugelschreiber und blickte zu Schiller. Er nickte. »Denkst du nicht, dass deine Mutter da mitreden sollte?«, fragte er und lockerte seine Krawatte. Sie war breit und dunkelgrün und sie passte nicht zu seinem blau-weiß gestreiften Hemd. Ich sah die strenge Frau an. »Sie haben *mich* gefragt«, sagte ich. Sie presste die Lippen aufeinander.

»Was ist mit diesem Alfred? Warum magst du ihn nicht?«, fragte der Psychologe. Die anderen sahen ihn überrascht an. »Weil er sich über deine Mutter lustig macht? Oder gibt es weitere Gründe?«

»Er ist ein Forastero«, sagte ich. »Das habe ich schon gesagt.«

Er fragte, was denn ein Forastero sei. Ich erklärte es ihm.

Die Frau, die wie eine Schülerin aussah, schrieb etwas in ihr Heft. Schiller seufzte und sah auf die Uhr, der Psychologe stand auf und öffnete das Fenster. Die strenge Frau lehnte sich zurück und ließ ihren Kugelschreiber auf dem Tisch liegen.

»Danke, Felipe«, sagte sie. »Das wäre für den Moment alles; aber wir werden dich wieder zu einem Gespräch einladen. Bald.«

Schon wieder dieses Wort. Ich stand auf und ging zur Tür.

»Tschüss, Felipe«, rief mir Schiller nach. Draußen überlegte ich, ob die Frau in ihr Heft notiert hatte, dass ich ohne Gruß gegangen war.

¶

FEYMANN

- Der Beschuldigte schweigt, ten Holt.
- Wie bringe ich ihn ohne Druck zum Reden?
- Mach ihm ein Angebot.
- Was kann ich ihm anbieten?
- Eine Information.
- Eine zutreffende?
- Eine zweckmäßige.
- Ist das zulässig?
- Nicht, wenn du nur auf das Geständnis aus bist.
- List und Tücke?
- List ist nützlich, Tücke nicht.
- Wo ist der Unterschied?
- Der Fuchs lobt die Stimme des Raben, dieser lässt das Brot fallen. Das ist List.
- Und Tücke?
- Der Fuchs hätte behaupten können, das Brot sei vergiftet.

¶

Die Befragte ist sehr angespannt, ihre Unterlippe bebt, sie könnte jeden Moment in einen Weinkrampf ausbrechen. Ich hoffe, dass das auch dem Beamten aufgefallen ist und dass er sich entsprechend verhalten wird. Er blättert in seinem Ordner, blickt auf und fragt, ob sie etwas trinken möchte. Die Befragte schüttelt den Kopf und beißt sich auf die Unterlippe.

Ihre Hände zittern. Sie schließt die Augen und atmet durch.

»Müde?«, fragt der Beamte lahm und lächelt. Mir fällt auf, dass sein Hemd stark zerknittert ist, wohl aus Nachlässigkeit. Ich zwinge mich, das nicht weiter zu beachten.

Die Frau schüttelt erneut den Kopf. Der Beamte stellt mich und die Protokollführerin vor und nickt der Rechtsvertreterin zu. Ich versuche, so viel Freundlichkeit in meine Stimme zu legen, dass sich die Befragte entspannt, aber nicht so viel, dass sie voreingenommen wird und Verständnis erwartet.

»Verstehen Sie den Dolmetscher?«, fragt der Beamte. Die Frau bejaht und wirft mir einen unsicheren Blick zu. Nun wirkt sie etwas gefasster, ihre Stimme zittert bei der Aufzählung der Personalien nur noch leicht, für ungeübte Ohren wohl kaum wahrnehmbar.

»Danke, das hätten wir also«, sagt der Beamte und lächelt. »Und nun erzählen Sie.«

Ich übersetze, ihr Blick streift mich und schnellt zurück zum Beamten. Sie scheint überrascht, dass sie zuerst frei erzählen soll. Vermutlich war sie eher auf präzise Fragen gefasst.

»Ich bin ... ich war Lehrerin. Ich unterrichtete Geschichte. Und Staatskunde. Mein Mann ...« Sie schaut mich an und ist unsicher, ob sie weiterreden oder meine Übersetzung abwarten soll. Ich übersetze, sie fährt fort: »Mein Mann ist vor einem halben Jahr verhaftet worden. Weil er an einer Versammlung von

… Regimegegnern gewesen war.« Sie spricht leise und langsam, ich kann beinahe simultan übersetzen. »Ich musste für seine Eltern … aufkommen, mein Mann war ihr einziges Kind.«

Der Beamte unterbricht sie nicht, sein Blick ist auf ihr Gesicht geheftet, er schreibt in seinen Block, ohne hinunterzuschauen. Seine Notizen sehen trotzdem sauber aus, die Schrift ist regelmäßig und selbst von meinem Platz aus gut lesbar. Die Befragte verliert sich zeitweise in den Details ihrer Sorge um die Schwiegereltern. Der Beamte notiert *Nachprüfen Eltern* und malt einen Kreis darum herum.

»Das war sicher nicht leicht, das mit den Schwiegereltern«, sagt der Beamte und sieht ihr in die Augen. »Bei den ganzen Sorgen und wenn man bedenkt, wie schwierig Ihr Beruf war …«

Wie geschickt er das Gespräch auf das Thema gelenkt hat, über das er in diesem Moment reden möchte, denke ich und klopfe ihm in Gedanken anerkennend auf die zerknitterte Schulter. Die Frau erzählt vom Druck, der von Woche zu Woche größer geworden sei, und vom Auto vor ihrer Wohnung. Der Fahrer habe darin geraucht, damit sie ihn auf jeden Fall auch im Dunkeln bemerken musste. Sie sei mehrmals verhaftet worden, zweimal sogar aus dem Unterricht abgeführt, und im Gefängnis habe man sie geschlagen. Sie zieht das Arztzeugnis aus der Tasche und wischt sich mit einem Taschentuch über die Augen. Der Beamte reicht das Zeugnis an die junge, sehr konzentriert dreinblickende Protokollführerin weiter. Sie wird das Zeugnis dem Protokoll beifügen.

»Und als ich dann die Nachricht erhielt …« Die Befragte vergräbt ihr Gesicht in den Händen. »Ein paar Tage danach steckte mir ein Kollege heimlich einen Zettel zu. Da wusste ich, dass ich gehen musste.« Sie schluchzt, greift nach einem neuen Taschentuch, atmet durch.

Name Kollege?, notiert der Beamte. Die Rechtsvertreterin sieht zum Beamten hin, er reicht den Blick an mich weiter. Ich zucke mit den Schultern, gerade so, dass die Befragte es nicht bemerkt. Sie fasst sich wieder und erzählt vom hektischen Aufbruch in der Nacht. Ihre Schilderung ist sehr detailliert, gelegentlich schweift sie in Nebensächlichkeiten ab, der Beamte spielt mit seinem Kugelschreiber, kämpft gegen die aufkommende Ungeduld. Mir fällt ein, wie Feymann immer wieder sagte, dass es gerade die kleinen Dinge sind, auf die es ankommt. »Wer keinen Sinn für Nebensächlichkeiten hat …«, begann er und ließ einen von uns den Satz ergänzen, wie in der Grundschule: »… wird nie zur Hauptsache vordringen.« Beinahe hätte ich bei der Erinnerung daran gegrinst, kann mich aber gerade noch beherrschen. Der Beamte lenkt die Befragte subtil auf das Thema zurück, das er für wichtiger hält, sie geht mit, verschränkt die Arme vor der Brust, lehnt sich zurück, bringt ihre Mimik unter Kontrolle.

»Ein Nachbar holte mich ab …«

Name Nachbar?, notiert der Beamte.

»… und brachte mich zum Parkplatz einer Transportfirma …«

Firmenname? Adresse? Entfernung? Die Schrift wird etwas unordentlicher, der Beamte schreibt nun ungeduldiger.

»Da war dieser Lastwagen. Ich kletterte hinauf, da war so ein Raum hinten, mit Decken und einem großen Kissen. Ich konnte durch einen Spalt zwischen den Vorhängen nach vorne sehen.«

Merkt der Beamte es wirklich nicht, frage ich mich und blicke zu ihm hinüber. Er hält den Kugelschreiber bereit, mit dem Finger der anderen Hand zeichnet er einen unsichtbaren Kreis auf die Tischplatte.

»Erst als wir auf die Autobahn einbogen«, erzählt die Befragte weiter, »und als ich das Schild sah … fünfhundert Meter bis zur Staatsgrenze. Der Fahrer sagte, ich solle mich hinlegen, er war sehr nervös.« Sie holt tief Luft und dreht den Kopf zum Fenster. Dann erzählt sie weiter, nun wieder gefasster. Nicht zum ersten Mal in dieser Befragung beschleicht mich das Gefühl, dass sie uns etwas vorspielt, doch nun ist dieses Gefühl deutlicher. Einen Teil ihrer Vorstellung kontrolliert sie, den anderen nicht, den überlässt sie dem Beamten. Ich kann gerade noch verhindern, in die Schachpartie hineingezogen zu werden, kurz vor dem Damenopfer, das vermutlich zu einem Remis führen wird. Die Rechtsvertreterin ahnt nichts, sie wirkt routiniert, entspannt, da und dort beinahe unkonzentriert. Die Protokollführerin schreibt schnell und gleichmäßig, sie wirft mir nur gelegentlich einen Blick zu, um zu signalisieren, dass ich weiterreden darf. Die Befragte lässt sich auch im zweiten Teil, in dem es um die Einzelheiten geht, nur so weit aus der Fassung bringen, wie es ihrer Sache zuträglich ist. Sie lügt nicht, aber sie wickelt die Wahrheit in sorgfältige Nachlässigkeit ein, der Beamte nimmt sie mit beiden Händen entgegen.

Eine Stunde später, auf dem Nachhauseweg höre ich in Gedanken Feymanns Stimme. »Warum hast du nichts gesagt, ten Holt?«, sagt er und klopft mit dem Kugelschreiber auf die Tischplatte. »Nicht offen, natürlich nicht. Aber mit einem kleinen Hinweis, einer Andeutung? Du weißt, wie viel man damit erreichen kann.«

Zunächst amüsiert mich sein vorgestellter Vorwurf, dann steigt in mir Ärger auf, ich muss stehen bleiben und mich über das Geländer lehnen und ein paar Erinnerungen in die langsame, dunkelgrüne Limmat werfen. Also doch nicht nach Hause, sage ich halblaut und drehe um. Das Kunsthaus ist noch offen.

¶

Sie fängt mich mit ihrem Blick ein, sobald ich den Raum betrete, und dann lässt sie mich nicht mehr los. Ihr Lächeln verändert sich, während ich auf sie

zugehe, wird dunkler, hintergründiger. Als ich vor ihr stehe, nah genug, dass niemand sich hindurchzwängen kann, und weit genug, dass die Aufsicht mich nicht zurechtweist, schaut sie mich wie einen alten Freund an, von dem sie Jahrhunderte trennen und der ihr trotzdem vertraut ist. Sie lächelt wehmütig, nicht freudlos, und es kommt mir vor, als möchte sie lieber Trost spenden als empfangen. Ihre Selbstlosigkeit rührt mich, ihre Traurigkeit ist seltsam souverän, ihr Blick rät zu Gelassenheit, ihre hängenden Schultern deuten eine tiefe Ruhe an. Wenn ich mich entferne und mich an der Tür noch einmal zu ihr umdrehe, bekommt ihr Ausdruck etwas Bekümmertes, Flehendes. Mehr als einmal bin ich zu ihr zurückgegangen, die kritischen Blicke der Aufsicht im Rücken, um meiner traurigen Mona Lisa und mir selbst still zu versprechen, spätestens am Ende der Woche wiederzukommen.

¶

Ich weiß nicht, warum ich ihr gefolgt war.

Ich hatte wieder einmal die Schule geschwänzt und trieb mich im Park herum. Am Seeufer wollte ich mein Pausenbrot mit den Enten teilen, aber ein Schwan glitt heran und die Enten getrauten sich nicht, näher zu kommen. Ich warf Steinchen nach ihm, aber das kümmerte ihn nicht. Ich versuchte ihn auszutricksen, indem ich ein paar Schritte am Ufer entlang hin und her rannte. Leider durchschaute er den Trick schneller als die Enten und ließ sich zu keiner Hektik antreiben. Entnervt warf ich das Brot in einem weiten Bogen in den See und wandte mich zum Gehen.

Da sah ich sie. Ihre dunklen Locken, das runde, blasse Gesicht, die auffällig großen Augen: die Frau, die ich mit Alfred gesehen und fotografiert hatte. Sie saß auf der Bank und las. Ich wusste nicht, was ich tun sollte, und so kehrte ich zum Seeufer zurück, setzte mich ins Gras und tat so, als würde ich mich für den Schwan interessieren. Er mühte sich mit meinem Brot ab, die Enten sahen zu. Ich überlegte, ob ich ihnen noch einmal helfen sollte, entschied mich dagegen, um die Aufmerksamkeit der Frau nicht auf mich zu ziehen. Der Schwan entfernte sich langsam, als wollte er mich provozieren, die Enten schauten enttäuscht zu mir. Ich sah mich verstohlen nach der Frau um. Sie war nicht mehr da. Ich schaute in alle Richtungen und entdeckte sie ein paar Meter weiter vorne beim Eisverkäufer, sie nahm gerade einen Becher entgegen.

Seltsamerweise war ich neugierig, für welche Sorte sie sich entschieden hatte, und pirschte mich unauffällig ein wenig näher heran: Die Kugel in ihrem Becher war weiß, also war es entweder Kokos- oder Joghurteis. Ich verspürte eine seltsame Erleichterung, immerhin hatte sie nicht Himbeere oder Zitrone gekauft. Aber warum ich es nicht dabei beließ, sondern ihr folgte, hätte ich nicht erklären können, und ich bin nicht sicher, ob ich es heute kann. Sie ging langsam, blieb immer wieder stehen, schlenderte weiter. Ich hatte Angst, dass sie sich umdrehen könnte, denn ich hätte mich nirgendwo verstecken können. Aber dann redete ich mir ein, dass sie mich ohnehin nicht erkennen würde, sie hatte mich ja damals nicht richtig gesehen.

Auf einmal warf sie ihren Becher in den Abfalleimer und beschleunigte ihre Schritte. Ich lief hinterher und vergaß für einen Augenblick die Vorsicht. Sie hielt auf eine Straßenbahnhaltestelle zu, ich zwang mich, langsamer zu gehen, die Straßenbahn war noch nicht in Sicht. Ich steckte die Hände in die Hosentaschen, hielt den Kopf gesenkt und kam mir wie ein richtiger Detektiv vor, nicht einer aus einem Kinderbuch, dafür war ich mit meinen 15 Jahren zu alt. Die verdächtige Person versuchte zu entkommen, ich musste sie beschatten, so nannten sie das in den Spionagebüchern, und ich durfte keine Zeit auf den Ticketkauf verschwenden. Mittlerweile dachte ich weder an Alfred noch an meine Mutter, es war nur wichtig, auf der Spur der geheimnisvollen Frau zu bleiben. Die Straßenbahn bog quietschend um die Ecke. Die Frau stieg ganz hinten ein, ich wählte die vorderste Tür. Es waren nur wenige Menschen im Wagen, aber sie sah nicht in meine Richtung, ich fühlte mich sicher. An der übernächsten Haltestelle stieg sie aus, ich sprang hinterher.

Zu spät merkte ich, dass sie stehen geblieben war und zu mir herübersah.

¶

FEYMANN

- **Der Beschuldigte redet viel und sagt wenig. Vorschläge, ten Holt?**
- **Eine Ermahnung, zur Sache zu kommen?**
- **Nicht in dieser Phase.**
- **Präzises Nachfragen?**
- **Auch dafür ist es zu früh.**
- **Warum?**
- **Weil er nach der ersten Unterbrechung weitere erwarten wird.**
- **Was soll ich tun?**
- **Nichts. Halte den Wortschwall aus. Hör zu. Interessiert, aber entspannt.**
- **Und wenn er Unsinn erzählt?**
- **Dann lass ihn Unsinn erzählen.**
- **Ohne Kommentare?**
- **Streue persönlich formulierte Anmerkungen ein.**
- **Persönlich?**
- **Ja. »Das habe ich verstanden«, statt »Das ist verständlich«. Und »Ich halte das für unwahrscheinlich«, statt »Das kann nicht sein«.**
- **Ein feiner Unterschied.**
- **Oft ein entscheidender.**

- **Warum?**
- **Der Beschuldigte soll versuchen, *dich* zu überzeugen. Nicht eine abstrakte, objektive Instanz.**

¶

»Du bist Alfreds Stiefsohn, nicht wahr?«, rief mir die Frau zu, der ich gefolgt war. Ich blieb stehen, sah mich um, als suchte ich, wen sie gemeint hatte. Dann versuchte ich mich an ihr vorbeizudrängen, doch sie versperrte mir den Weg.

»Warum folgst du mir?«, fragte sie, nun deutlich lauter.

»Tu ich nicht«, sagte ich und überlegte, wohin ich weglaufen könnte.

»Doch, tust du. Und das nicht besonders geschickt.« Sie trat einen Schritt auf mich zu. »Ich habe dich schon am See bemerkt. Und auch damals vor dem Café gesehen. Du hast uns beobachtet, stimmt's?«

Ich schwieg.

»Also? Warum folgst du mir?«

»Wegen Alfred«, stammelte ich. »Meine Mutter …«

»Was ist mit deiner Mutter?«

Ich sah zu Boden.

»Wolltest du herausfinden, ob ich mit Alfred verabredet bin? Ob er deine Mutter betrügt?«

»Vielleicht.«

Sie kramte in ihrer Tasche, zog eine Zigarettenpackung heraus, zündete sich eine Zigarette an und nahm einen tiefen Zug.

»Na, dann sage ich es dir: Er tut es nicht. Zumindest nicht mit mir. Nicht mehr.«

»Nicht mehr?«

Die Frage geriet mir lauter als beabsichtigt. Sie überging sie lässig, inhalierte und blies genussvoll den Rauch aus.

»Er ist nicht so schlimm, euer A-El-El.«

»Er ist nicht unser …«, begann ich. Aber sie unterbrach mich. »Er ist nicht so schlimm, wie du denkst.« Dann grinste sie: »Und nicht so gut, wie deine Mutter denkt.«

»Sie wissen nicht, was meine Mutter denkt«, rief ich. Ein Mann auf der anderen Seite der Straßenbahnschienen hob den Blick von seiner Zeitung und sah zu uns herüber. Sie lächelte. »Nun ja, ich weiß genug«, sagte sie. »Aber wie gesagt: Sie braucht sich keine Sorgen zu machen. Ich habe mit ihm Schluss gemacht.«

»Ach ja?« Ich hatte keine Ahnung, was man auf so etwas erwiderte.

»O ja«, sagte sie. »Ein für alle Mal.«

Ich nahm meinen ganzen Mut zusammen: »Und das soll ich Ihnen glauben?«

»Warum nicht?«, sagte sie und stellte den Kopf schräg. »Und lass bitte das alberne Sie, o.k.? Ich bin Martha. Und du?«

»Felipe.«

»Felipe«, wiederholte sie. »Alfred hat immer nur vom *Jungen* oder manchmal von der *kleinen Ratte* gesprochen.« Sie ahmte Alfreds Stimme nach, und ich musste wider Willen lachen.

»Sind Sie ... bist du Malerin?«, fragte ich.

»Malerin? Du meinst, wegen Alfred?« Sie lachte. »Nein, nein, ich bin Buchhändlerin. Im Moment zumindest.«

»Dann hat er ...«, begann ich, besann mich dann aber anders. »Warum haben Sie ... hast du mit Alfred Schluss gemacht?« Die Frage kam mir irgendwie erwachsen vor.

»Neugierig, wie?« Sie boxte mich sanft in den Oberarm und schnippte ihre Zigarette weg. »Komm, wir stehen schon viel zu lange hier. Ich wohne dort oben.« Sie zeigte auf die andere Straßenseite und ging los, ohne auf mich zu warten. Ihre Unbekümmertheit überforderte mich, ich wollte ihr irgendeine Ausrede nachrufen, aber es fiel mir auf die Schnelle keine ein. Außerdem wollte ich mutig sein, mir meine Unsicherheit nicht anmerken lassen. Ich folgte ihr, wir stiegen in den dritten und letzten Stock hinauf, sie schloss eine Tür auf, blieb im Türrahmen stehen und lachte. »Willkommen in Marthas Bau«, sagte sie. Die Wohnung war klein, hell und unordentlich, überall waren Bücher, Zeitschriften und Kleidungsstücke verstreut, Martha stieg darüber, und auch ich passte auf, dass ich nicht auf etwas trat. Auf dem Bett lag ein Teddybär, er trug eine schwarze Augenmaske. »Das ist Zorro, mein treuer Freund und Rächer«, sagte Martha und drückte ihn an sich. »Er will unerkannt bleiben, wie es sich für einen Superhelden gehört.« Sie gab ihm einen Kuss auf die Nasenspitze und warf ihn in die Ecke.

»Armer Zorro«, sagte ich und hob ihn auf. Ich solle mir um den keine Sorgen machen, sagte Martha. Er sei ziemlich abgebrüht. Und so eine Augenmaske sei im Leben sehr nützlich. Für einen Moment sah sie mich ernst an, dann lachte sie wieder, nahm mir Zorro aus der Hand und setzte ihn auf den leeren Stuhl zwischen uns. Sie schaltete die Kaffeemaschine ein. »Möchtest du auch einen Espresso«, fragte sie. Ich erwog kurz, Ja zu sagen, aber dann bat ich um eine Cola. Man durfte es mit dem Erwachsensein nicht übertreiben. Martha nahm eine Cola aus dem Kühlschrank und stellte sie vor mich auf den Tisch. Dann kippte sie ihren Espresso in einem Zug hinunter und zündete sich eine Zigarette an. Sie griff sich wieder Zorro, zupfte ihn am Ohr, eher grob als liebevoll. Ich fragte wieder – nun bemühte ich mich, unaufgeregt zu klingen –, warum sie mit Alfred Schluss gemacht habe, wenn er nicht so schlimm sein soll. Sie lachte.

»Ach, Felipe. Ich würde es dir gerne erklären. Aber es ist zu kompliziert. Und gleichzeitig zu einfach.« Ich muss dümmlich dreingeschaut haben, denn sie lachte wieder und schüttelte den Kopf.

»Wie wäre es, wenn wir nicht mehr über Alfred reden würden? Erzähl mir lieber von dir.« Da gebe es nicht viel zu erzählen, sagte ich und suchte nach einer Möglichkeit, auf Alfred zurückzukommen.

Martha war schneller: »O doch. Du sprichst so viele Sprachen, nicht wahr? Ich kann nur Deutsch, und auch das nicht besonders gut.« Sie lachte wieder und lehnte sich zurück. Mir gefiel ihr Lachen sehr, ich entspannte mich und hätte sie beinahe doch noch um einen Espresso gebeten. Ich sagte, ich spreche nur Spanisch und Niederländisch. Und ja, auch ein wenig Deutsch. Nun lachten wir zusammen. Aber eines Tages würde ich noch weitere Sprachen lernen, sagte ich. So viele Sprachen, dass ich mich nirgendwo auf der Welt fremd fühlen würde.

Sie wurde ernst, setzte Zorro zurück auf seinen Stuhl, beugte sich vor und strich mir mit den Fingerspitzen über die Wange. »Das ist schön«, sagte sie. »Nirgendwo fremd. Überall zu Hause.«

Ich wollte mich zurücklehnen und so ihren Fingern entkommen, aber ich schaffte es nicht. Sie sah mir in die Augen.

»Sag etwas auf Spanisch«, hauchte sie.

¶

Am Abend schrieb ich Pappie nach langer Zeit einen Brief. Ich erzählte ihm von meiner Begegnung mit Martha und dass ich in ihrer Wohnung gewesen war. Ich merkte bald, dass mein Niederländisch nicht ausreichen würde, wenn ich alles erzählen wollte, und ich merkte auch, dass die Sprache nicht das einzige Problem war. Ich verschwieg den Kuss, mit dem mich Martha übertölpelt hatte, und ich erzählte auch nicht, dass sie weinen musste und wie ich mir auf einmal Alfred in ihrer kleinen Wohnung vorstellte und Hals über Kopf wegrannte.

Zunächst wollte ich Pappie in den Plan einweihen, der mir unterwegs nach Hause eingefallen war. Aber dann entschied ich mich doch dagegen, vielleicht aus Angst, dass ich den Plan auf Niederländisch nicht mehr so gut finden würde. Lieber erzählte ich von Zorro dem Rächer. Ich musste lange nach einer Übersetzung für »abgebrüht« suchen.

¶

Der Folgeauftrag bei der Kinderschutzbehörde findet bereits nach einer Woche statt. Die Frau am Empfang kennt mich, sie lächelt, weist mit dem Kinn in Richtung Wartezimmer und greift zum Telefon. Das Wartezimmer ist leer. Wider Willen überlege ich, ob der Mann allein kommen wird, verscheuche gleich die Neugier mit einem Blick auf den Parkplatz, wo jemand verzweifelt versucht, aus einer viel zu engen Lücke auszuparken. Enge Parklücken sind ein schönes Sinnbild für Lebenskrisen, in die man sich zuversichtlich hineinmanövriert hat, denke ich und freue mich über den fruchtlosen Einfall.

Am Empfangsschalter wird es laut, ein Mann schreit in gebrochenem Deutsch, er lasse sich das nicht länger gefallen. Ich möchte weiterhin den Parkplatz beobachten, das Projekt ist noch lange nicht zu Ende, aber dann stecke ich den Kopf doch durch den Türspalt und sehe mir den Mann an. Es ist mein Klient. Die Frau auf der anderen Seite der Glasscheibe ist zwei Schritte zurückgetreten und spricht in den Telefonhörer. Ich rufe den Namen des Klienten und versuche, jovial zu klingen. Er solle doch bitte ins Wartezimmer kommen, wir müssten uns noch ein wenig gedulden. Er steht mit geballten Fäusten da und atmet schwer, sein Gesicht ist rot, seine Unterlippe zittert. Ich wiederhole meine Bitte und sehe dabei auf die Uhr. »Wir sind gleich so weit«, sage ich in seiner Sprache, »es ist besser, wenn Sie sich vorher beruhigen.«

Er ist unentschlossen, will etwas sagen, doch dann erscheint die uns inzwischen vertraute Behördenvertreterin.

»Was ist los? Was ist das für ein Lärm?«, fragt sie eher mich als ihre Kollegin. Der Mann hebt hilflos die Arme, er wirkt wie ein übergroßer Vogel mit gerupften Flügeln. Ich sage, alles sei wieder in Ordnung. Was uns anbelangt, könnten wir gleich mit dem Gespräch loslegen. Unsere Gesprächsleiterin ist unsicher, sie sieht zu ihrer Kollegin am Empfangsschalter hin. Diese zuckt mit den Schultern, das ist offenbar das Signal, dass die Krise überstanden ist.

Ich will nicht wissen, was den Mann so aufgebracht hat. Was immer es war, er wird es unter Kontrolle bringen müssen, wenn er sich keine Nachteile einhandeln will. Im Besprechungszimmer überlegt er kurz, entscheidet sich dann für den Stuhl, auf dem beim ersten Termin seine Frau gesessen hat. Ich gehe um den Tisch und wähle die schmale Seite, so habe ich ihn besser im Blick. Er verschränkt die Finger ineinander, presst die Lippen zusammen, zieht die Schultern hoch, nur ein wenig, aber deutlich genug. Da zieht sich einer in seine Schutzhülle zurück, denke ich. Er sieht sich im Nachteil und reorganisiert gerade seine Verteidigung. Die Gesprächsleiterin scheint das nicht zu bemerken, sie blättert in ihren Unterlagen, zieht ein Blatt heraus, streicht mit der Handkante darüber und nimmt die Brille ab.

Der Mann hat seine Finger wieder gelöst, seine Hände ruhen flach auf dem Tisch, sein Mund deutet ein Lächeln an, aber seine Füße sind um die Stuhlbeine eingehakt. Na also. Nach dem Schwächeanfall vorhin am Empfang ein zweiter Fehltritt in der Choreografie, die er sich für den heutigen Auftritt zurechtgelegt hat. Nun soll die Behördenvertreterin aufdecken, was er verbergen möchte, mich interessiert es nicht länger.

¶

Ich war ungeduldig und ging nicht sehr subtil vor. Statt die Provokation langsam aufbauen zu lassen, fragte ich meine Mutter auf Deutsch und ohne jeden Zusammenhang, ob sie wisse, wer Zorro sei. Sie war irritiert, zumal ich auch den Namen deutsch ausgesprochen hatte. Damit hatte ich zu früh verraten, dass die Frage nicht ihr, sondern Alfred galt. Er hörte auf, in der Zeitung zu blättern und schaute mich durch seine buschigen Augenbrauen an. Er war ruhig, nur sein Blick war lauernd. Seine Gelassenheit verunsicherte mich.

»Meinst du den Film? Mit Alain Delon?«, fragte meine Mutter.

Ich hätte den nächsten Fehler immer noch vermeiden können, aber ich war schon in Fahrt. »Ich meine Zorro, den Freund und Rächer einsamer Frauen«, sagte ich und versuchte, cool zu klingen. »Wie hieß die Frau an seiner Seite? War es nicht Martha?«

Alfred starrte mich bloß an, das war unheimlich, aber ich nahm mir vor, mich nicht einschüchtern zu lassen. Meine Mutter war verwirrt und stammelte, die Frau habe doch Ortensia geheißen. Es sei gar keine Martha im Film gewesen, woher ich das bloß hätte. Sie bemerkte die Spannung zwischen mir und Alfred und verstand nicht, was los war. Plötzlich winkte Alfred ab und griff nach seiner Zeitung. Ich war überrumpelt. Das lief anders, als ich es mir vorgestellt hatte. Doch ich wollte nicht aufgeben und entschied mich für einen weiteren Angriff. Vielleicht sei im Film keine Martha gewesen, sagte ich. Aber im Leben von Zorro dem Teddybären gebe es eine.

»Zorro dem was? Teddybären? Was redest du für einen Unsinn?« Meine Mutter versuchte zu lachen, aber es gelang nicht. »Zorro bedeutet ja Fuchs, das weißt du doch.« Sie war so verwirrt, dass sie mich auf Spanisch fragte, ob mit mir alles in Ordnung sei. Dann huschte ihr Blick zu Alfred, sie machte einen halben Schritt auf ihn zu, blieb stehen, sah sich nach mir um. Ich gab mir Mühe, meinen Blick auf Alfred zu heften, und nicht meine Mutter anzusehen, denn ich wollte kein Mitleid zulassen. Sie gab sich einen Ruck.

»Ich glaube, es ist Zeit fürs Abendessen«, sagte sie. »Wer hat Hunger?«

Sie hob die Hand und sah uns erwartungsvoll an. Alfred und ich reagierten nicht. Er hatte die Zeitung zusammengelegt und sich wieder mir zugewandt. Ich setzte das Grinsen auf, das ich vorhin vor dem Spiegel in meinem Zimmer geübt hatte. Meine Mutter trat zu mir, packte mich an den Schultern und schob mich in die Küche. Ich solle die Teller und das Besteck holen, sagte sie, nun wieder auf Deutsch. Und Alfred könne schon mal die Zeitung wegräumen, es gebe sein Lieblingsessen.

Ich gab auf, zumindest für den Moment. Vielleicht, das redete ich mir ein, würde Alfred erst nach dem Essen jene Szene machen, auf die ich von Anfang an spekuliert hatte. Ich wollte, dass er verunsichert, eifersüchtig, nervös auf meine Provokation reagierte. Damit würde ich ihn entlarven und meine Mutter endlich überzeugen, dass er ein Lügner war. Doch das Abendessen verlief ruhig. Nur meine Mutter scherzte und lachte etwas zu laut und blickte immer wieder nervös zwischen Alfred und mir hin und her. Alfred sah auf seinen Teller und sagte kein Wort. Ich wartete.

¶

FEYMANN

- **Du glaubst ihm, ten Holt?**
- **Seine Geschichte passt zu den Fakten.**
- **Bleib wachsam.**
- **Obwohl alles passt?**
- **Weil alles passt.**
- **Bemühen wir uns nicht genau darum?**
- **Wenn du die Bestätigung suchst, verpasst du die Wahrheit.**

¶

Nach dem Abendessen sagte Alfred, er müsse noch einmal ins Atelier, das könnte dauern. Ich war erleichtert und enttäuscht zugleich. Sobald Alfred aus der Tür war, wechselte meine Mutter ins Spanische und fragte, was der Blödsinn mit dem Zorro und dem Teddybären zu bedeuten hatte. Ich griff nach der Fernbedienung, aber meine Mutter war schneller: »Also? Was sollte das?« Ich sagte, dass ich nicht darüber reden möchte, nicht jetzt. Aber ich würde es ihr erklären. »Bald«, fügte ich hinzu und kam mir gemein vor. Das klang nach Rache für ihre vielen Ausflüchte, wenn ich sie nach Pappie fragte, und das wollte ich nicht.

Sie war unsicher, ob sie auf einer Erklärung bestehen oder mir die Fernbedienung überlassen soll. Schließlich gab sie nach. Ich fand einen Western und sah sie fragend an. Sie zuckte mit den Schultern und lehnte sich zurück. Ihr Strickzeug ließ sie im Korb liegen, das tat mir sehr leid.

¶

Der Einsatz im Kinderspital hat länger gedauert als geplant, ich muss mich sehr beeilen, um noch vor der Schließung im Kunsthaus zu sein. Meine traurige Freundin aus dem 17. Jahrhundert lächelt nachsichtig, sie scheint mir meine Verspätung nicht übel zu nehmen. Ich trete näher, möchte ihr in die Augen sehen und mich in diesem leicht spöttischen Blick verlieren, der mir immer wieder Rätsel aufgibt, und ich möchte von ihr erfahren, dass das Kind mit dem kranken Herzen, dessen Eltern ich vor einer Stunde über die Risiken der Operation aufgeklärt habe, dass also dieses Kind in wenigen Jahren Fußball spielen wird.

Sie lächelt, als möchte sie diesen Trottel, der mit hängenden Schultern und nervösen Augen vor ihr steht, darüber aufklären, dass es in ihrem Jahrhundert noch gar keinen Fußball gab. Bemühe dich

um einen Wunsch, den wir beide verstehen, du Ignorant, scheint sie zu sagen, und ich bin sicher, dass sie gleich losprusten wird. Doch sie kann sich beherrschen, nur ihr Blick wird eine Spur wärmer, beinahe liebevoll. Danke, sage ich, auch dein Spott hilft. Ich komme noch einen halben Schritt näher, möchte meinen Dank flüstern, als mir auffällt, dass ihr rechtes Auge heller als das linke ist. Ist das ihr Geheimnis, etwas, was ich nicht hätte herausfinden dürfen? Oder hat sie es nur mir anvertraut, damit auch wir ein »Geheimpje« hatten?

Genau so war es, rede ich mir ein. Schließlich ist sie Niederländerin, dazu meine beste Freundin. In meinem nächsten Brief an Pappie werde ich ihm von ihr erzählen. Aber das Geheimnis ihrer Augen werde ich nicht einmal ihm verraten.

¶

Der Lärm weckte mich. Alfred polterte und schrie und warf etwas um. »Wo ist er? Die verdammte kleine Ratte, ich mach ihn …«, brüllte er. Meine Mutter rief etwas, ihre Stimme klang unnatürlich schrill, etwas zerbrach, etwas Schweres fiel zu Boden, Alfred schrie, er würde »der Ratte« den Hals umdrehen, sie zertreten wie eine … eine Ratte eben. Es kam oft vor, dass Alfred betrunken nach Hause kam und jammerte und drohte, aber normalerweise konnte meine Mutter ihn schnell beruhigen. Dann weinte er noch eine ganze Weile am Esstisch und ging schlafen. Dieses Mal fluchte und drohte er anders, auch der Lärm kam mir lauter, gefährlicher vor. Er würde gleich in mein Zimmer kommen, ich wusste nicht, ob ich die Tür verriegeln oder hinausgehen und meiner Mutter helfen sollte.

Ich öffnete die Tür einen Spalt weit und spähte in den Gang. Ich hörte meine Mutter schluchzen, er solle sich doch beruhigen, morgen könnten sie über alles reden. Wieder fiel etwas zu Boden, meine Mutter schrie auf, es klang nach Schmerz. Da konnte ich mich nicht mehr zurückhalten, ich stürzte ins Wohnzimmer. Alfred stand mit dem Rücken zur Tür, meine Mutter lag am Boden und streckte die Arme aus. Ich konnte nicht erkennen, ob sie sich schützen oder Alfred um Hilfe bitten wollte. Ich überlegte nicht, sondern stürzte mich auf ihn, schlug ihm auf den Rücken und auf den Hinterkopf und schrie, er solle meine Mutter in Ruhe lassen. Er drehte sich um, geschmeidig wie meistens, wenn er betrunken war, und holte mit der Faust aus. Ich wich aus und stieß ihn zurück, er fiel unter den Tisch, drehte sich geschickt auf alle viere und stand auf, bevor ich es verhindern konnte. Dann beugte er sich vor und rannte wie ein wilder Stier auf mich zu, ich versuchte auszuweichen, stolperte über einen umgeworfenen Stuhl und fiel auf den Rücken. Alfred ergriff den Stuhl und holte aus, ich drehte mich zur Seite und sah aus dem Augenwinkel, wie meine Mutter seinen Arm packte und ihm mit der anderen Hand ins Gesicht griff. Ich sprang auf und wollte mich auf ihn werfen, aber er stieß mich weg und schlug meiner Mutter mit dem Ellbogen ins Gesicht, sie stürzte, schlug heftig mit dem Hinterkopf gegen die Tischkante und blieb liegen. Ich lief zu ihr und beugte mich über sie, nahm ihr Gesicht in beide Hände und schrie in Panik, sie solle die Augen öffnen. Alfred stand schwer atmend da, seine Arme hingen an ihm herab, er brabbelte etwas Unverständliches. Da läutete es an der Tür. Gleich darauf standen zwei Polizisten im Wohnzimmer. Ich weiß bis heute nicht, wer sie gerufen hatte und wie sie in die Wohnung hineingekommen waren.

Die Polizisten riefen die Ambulanz, die Nothelfer legten meine Mutter auf eine Bahre und schoben sie in den Wagen. Ich durfte bei ihr mitfahren, sie war bewusstlos, ich wollte sie beruhigen, falls sie während der Fahrt aufwachen sollte. Im Krankenhaus legten sie sie auf ein Bett auf Rädern und schoben sie in den Lift, ich quetschte mich mit hinein. Oben nahm mich eine Ärztin beiseite und sagte, sie müssten ein paar Untersuchungen machen, aber ich solle mir keine Sorgen machen, nun sei meine Mutter in guten Händen. Sie besah sich kurz mein Gesicht und fragte, ob alles o.k. sei und ob mir die Schramme an der Stirn wehtat. Ich sagte, ich wüsste nichts von einer Schramme. »Du bist ein tapferer Junge«, sagte sie und lächelte. Ich bat sie, da bleiben zu dürfen, bis man Genaueres über den Zustand meiner Mutter wisse. Sie zeigte mir den Weg zum Warteraum und gab mir eine Münze für den Getränkeautomaten.

¶

Bevor wir ins Zimmer der Patientin gehen, bittet mich der Arzt kurz in sein Büro.

»Der Fall ist ziemlich delikat«, sagt er und weist mich an, mich zu setzen. »Ich denke, dass ein paar Informationen Ihnen die Aufgabe erleichtern werden, Sie stehen ja auch unter Schweigepflicht.« Er legt er die Fingerspitzen aneinander und sieht mich an. »Es handelt sich um eine 72-jährige Frau, die zwar ein wenig Deutsch kann, aber nicht genug für das Gespräch, das uns bevorsteht.« Er atmet durch, setzt sich bequemer hin, sein Stuhl quietscht leise. »Die Frau muss dringend operiert werden. Wenn nicht, wird sie infolge einer Durchblutungsstörung im Hals sterben. Hier, schauen Sie sich diese Aufnahmen an.«

Der Arzt bemüht sich sehr, die medizinische Seite des Problems so verständlich zu erklären, dass ich mir nicht dumm vorkommen muss. Allerdings lehne die Patientin die Operation ab. Nun sei ihre ganze Familie da.

»Es ist wichtig«, fährt er fort, »dass Sie der Patientin die Situation genau erklären, in ihrer Sprache, so offen und so einfach wie möglich.«

»Ich verstehe«, sage ich und lege mir in Gedanken die richtige Vorgehensweise zurecht.

»Wissen Sie«, sagt der Arzt, »die Operation ist sehr riskant. Die Chance, dass die Frau sie überlebt, liegt bei fünfzig Prozent. Wenn wir aber nicht operieren, wird sie mit neunzigprozentiger Sicherheit innerhalb der nächsten vier bis sechs Wochen sterben.«

»Weiß die Familie Bescheid?«

»Ich habe die Familie informiert«, sagt er. »Nun ist es meine und Ihre Aufgabe, die Patientin neutral aufzuklären, ohne Druck und ohne Überredung.«

Ich frage, wie die Familie darüber denkt, und bin ziemlich sicher, die Antwort bereits zu kennen.

»Alle sind ganz klar für die Operation und üben massiv Druck aus, auf die Patientin und auf mich als behandelnden Arzt.« Er seufzt und steht auf. »Genau darum ist es wichtig, dass wir zuerst alleine mit der Patientin reden und die Familie erst danach zu ihr darf.«

Der Arzt lässt mir den Vortritt, er schließt die Tür hinter uns sehr behutsam, als möchte er die Patientin nicht wecken. Sie ist aber wach, ihr Blick folgt uns sehr aufmerksam und, ich werde den Eindruck nicht los, auch misstrauisch. Ihre Hände ruhen auf der Decke, an ihrem linken Handrücken ist ein dünnes Röhrchen festgemacht. Ich trete näher an ihr Bett, unsere Blicke treffen sich, ich stelle mich vor und sage meinen Spruch von der Schweigepflicht. Der Arzt übernimmt das Wort. Er wiederholt, was er vorhin zu mir gesagt hat, spricht nicht euphemistisch vom »schlimmsten Ausgang«, seine Rede ist schonungslos und klar. Ich übersetze, und als ich fertig bin, senkt sich eine seltsame Stille über uns. Erst da fällt mir auf, dass es im Zimmer nach Vanille riecht. Tee oder Duftkerze, überlege ich noch, als mich die Patientin heranwinkt. Ich beuge mich über ihr blasses Gesicht, sie flüstert: »Ich will nicht.« Ich übersetze, der Arzt presst die Lippen zusammen: »Fragen Sie, ob sie verstanden hat, was diese Weigerung bedeutet«, fordert er. Die Frau sieht mich an. »Ich will nicht«, sagt sie, dieses Mal etwas fester. Der Arzt reicht mir ein Formular und bittet mich, es für die Patientin zu übersetzen. Noch bevor ich beim letzten Drittel angelangt bin, wedelt sie ungeduldig mit der Hand und verlangt etwas zum Schreiben. Sie setzt ihre Unterschrift unter das Blatt, lehnt sich zurück und schließt die Augen. Der Arzt legt ihr die Hand auf die Schulter und sagt, ihre Familie sei draußen, sie würden gleich hereinkommen, er müsse vorher nur kurz mit ihnen reden.

»Brauchen Sie mich für das Gespräch mit der Familie«, frage ich.

»Nein, die beiden Söhne sind hier aufgewachsen«, sagt der Arzt. Ich reiche ihm mein Telefon, er bestätigt meinen Einsatz und wendet sich zum Gehen.

Als ich mich von der Patientin verabschieden will, begegne ich ihrem Blick. Sie sagt, ich solle noch kurz bei ihr bleiben. Nur bis die Familie hereinkomme. Der Arzt zuckt erneut mit den Schultern und geht, er hat verstanden.

»Wir hatten einen Baum hinter dem Haus«, flüstert die Frau. »Ich durfte nie hinaufklettern, mein Vater war sehr streng, er sagte, Mädchen klettern nicht. Ich war sehr böse auf ihn. Manchmal überlegte ich, es doch zu tun. Sein Verbot einfach zu missachten. Aber dann getraute ich mich doch nicht. Ich habe ihm das mein Leben lang übel genommen. Meine Feigheit, nicht seine Sturheit.« Sie lächelt. »Aber nun kann ich ihm vergeben. Verstehst du?« Ich nicke und erwäge kurz, ihr von meinem Urgroßvater zu erzählen, der in einem Baumhaus gewohnt hat. Aber dann lasse ich es sein, sie soll in Gedanken bei ihrem Vater bleiben.

Für Mona Lisas Schwester werde ich aus den beiden Geschichten eine einzige machen.

¶

Meine Mutter wachte am nächsten Tag auf, es war ein Sonntag, ich war gerade von einem kurzen Spaziergang im Krankenhauspark zurückgekehrt. Die Ärztin schickte mich wieder hinaus, sie sagte, sie müsse ein paar kleine Tests machen, aber danach würde sie uns alleine lassen. Als ich wieder ins Zimmer durfte, streckte meine Mutter die Hand nach mir aus, strich mir übers Gesicht und versuchte ein Lächeln.

»Was ist passiert, cariño?«

Ich erzählte sehr knapp vom Streit und wie sie gestürzt sei. »Nun wirst du bald gesund«, sagte ich. »Nun wird alles gut. Die Polizei hat Alfred mitgenommen, du brauchst keine Angst zu haben.«

Ihr Blick ruhte auf mir, aber ich hatte nicht den Eindruck, dass sie mich verstand. Ich nahm ihre Hand und fragte, ob sie Schmerzen habe und ob sie etwas brauche. Sie schüttelte schwach den Kopf und schloss die Augen. Ich blieb sitzen und getraute mich nicht, die Hand zurückzuziehen, um sie nicht zu wecken. Die Ärztin kam herein und sagte, meine Mutter würde nun sicher eine Weile schlafen, es sei am besten, wenn ich nun nach Hause ginge und morgen wiederkäme. Bis dahin würden sie auch weitere Tests durchgeführt haben und mir morgen mehr darüber sagen können, wie schnell meine Mutter wieder gesund werde.

Zu Hause entfernte ich einen Fetzen des Polizeibandes vom Türstock und zwang mich hineinzugehen. In der Wohnung erinnerte alles noch an den Kampf von vorgestern, auch der Stuhl, mit dem Alfred mich schlagen wollte, lag umgekippt vor dem Fernseher. Auf dem Teppich neben dem Salontisch sah ich einen großen, dunklen Fleck.

Es war schon Abend, als ich mich einigermaßen beruhigt hatte und mit dem Aufräumen beginnen konnte.

¶

Ich schlief sehr schlecht in dieser Nacht. Als der Wecker klingelte, überlegte ich, ob ich die Schule schwänzen und gleich ins Krankenhaus fahren sollte. Nun hätte ich für einmal einen guten Grund zum Schwänzen gehabt. Aber schließlich entschied ich mich für die Schule, ich wusste nicht, wie ich sonst meiner Mutter erklären sollte, warum ich mitten am Vormittag bei ihr war. In der zweiten Stunde, wir hatten Deutsch bei Frau Kaum, kam die Schulleiterin ins Klassenzimmer und sagte, ich solle mitkommen, jemand möchte mit mir sprechen. Ich erschrak sehr, das mussten schlechte Nachrichten aus dem Krankenhaus sein. Unterwegs schwieg die Schulleiterin, und als ich sie fragte, wer mit mir reden wollte, sagte sie mit halbem Lächeln, ich würde gleich alles erfahren.

Im Büro erkannte ich den schweigsamen Psychologen vom Interview bei der Kinderschutzbehörde. Auch Frinkels Mutter war da, das überraschte mich. Außerdem saß eine Frau mit am Tisch, die ich nicht kannte. War sie vom Krankenhaus? Ich fand, dass sie nicht so aussah, und war erleichtert. Die Schulleiterin stellte uns einander vor. Frau Dinkel nickte mir zu und lächelte. Die fremde Frau sagte, sie sei vom Sozialdienst und möchte mit mir darüber sprechen, wie ich »diese schwierige Zeit« überbrücken sollte. Ich erkundigte mich, wie es meiner Mutter ging, aber niemand wusste etwas Neues. Dann fragte die Frau vom Sozialdienst, ob ich eine Weile bei meinem Freund Fredi wohnen möchte. Frau Dinkel sei einverstanden, und Fredi würde sich sicher freuen. Ich sagte, meine Mutter komme sicher bald wieder nach Hause, und die paar Tage könnte ich ja zu Hause wohnen. Der Psychologe schüttelte den Kopf. »Es tut uns allen leid, Felipe«, sagte er, »aber niemand weiß, wie lange deine Mutter im Krankenhaus bleiben muss. Sie darf nicht zu früh entlassen werden.« Frau Dinkel sagte, sie würde sich freuen, wenn ich bei ihnen wäre, Fredi und ich könnten zusammen lernen, ich könnte Fredi Schach beibringen, und überhaupt wäre es schön, wenn ich ... Im Übrigen sei auch Fredis Vater dafür, fügte sie hastig hinzu. »Wir könnten gleich heute Abend bei uns zu Hause alles besprechen, meinst du nicht?« Sie legte mir die Hand auf den Unterarm.

»Auch ich finde, dass das eine gute Idee wäre«, sagte der Psychologe. »Für ein paar Wochen, bis deine Mutter wieder nach Hause kommt.« Und die Frau vom Sozialdienst fügte hinzu, dass es für die Genesung meiner Mutter gut wäre, wenn sie sich keine Sorgen um mich machen müsste. Das leuchtete mir am meisten ein. Ich nickte. Dann fiel mir etwas ein: »Wir sollten Frink... ich meine Fredi fragen«, schlug ich vor. Alle fanden, dass das eine gute Idee war. Die Direktorin holte Frinkel aus dem Klassenzimmer. Er war sehr überrascht, als er seine Mutter sah, aber das fiel nur mir auf, weil ich ihn gut kannte. Frau Dinkel fragte, ob es für ihn o.k. wäre, wenn ich ein paar Wochen bei ihnen wohnen würde. Frinkel nickte und boxte mich kumpelhaft in den Oberarm.

Nach der Schule fuhr ich ins Krankenhaus. Meine Mutter sah besser aus als am Tag zuvor. »Das ist doch wunderbar, dass du bei Fredi und seinen Eltern wohnen kannst, cariño. So nett von ihnen, nicht wahr?« Und in einer Woche oder höchstens zwei sei sie ja wieder zu Hause, dann würden wir zusammen fernsehen und es wieder schön haben.

Am Abend zog ich bei den Dinkels ein.

¶

Die Straßenbahn hält etwas länger, die Menschen, die hier ein- und aussteigen, brauchen mehr Zeit. Ich erkenne die Klinik wieder, aber der Park, den man auf dem Weg zum Haupteingang durchquert, kommt mir kleiner vor. Auch der Empfang ist anders, der Schalter mit der kleinen Öffnung im Glas ist verschwunden, nun meldet man sich an einem breiten, weißen Empfangstresen an.

Das hätte mir damals besser gefallen, ich erinnere mich, wie mich der strenge Blick der Empfangsfrau durch das dicke Glas, wenn ich meine Mutter besuchte, eingeschüchtert hat. Das wird nicht nur am Glas gelegen haben, überlege ich, während ich dem Mann auf der anderen Seite des Tisches meinen Ausweis zeige. Er weist mich routiniert an, im Warteraum Platz zu nehmen. Genauso routiniert steuere ich einen schwarzen Ledersessel

an und setze mich. Der Sessel ist sehr bequem, man versinkt darin so weit, dass man am liebsten nicht mehr aufstehen möchte. Ich überlege kurz, wie sinnvoll das an einem solchen Ort ist. Vielleicht ist der Sessel bereits eine erste Prüfung des Gesundheitszustands? Ich sehe mich nur halb im Spaß nach Deckenkameras um.

Eine Frau im weißen Kittel geht zum Empfang, der Mann von vorhin zeigt mit dem Finger auf mich und lächelt verlegen, als ich die Hand hebe. Ich beginne mich aus dem Sessel zu hieven, das Projekt könnte sich hinziehen und ich will es zu Ende bringen, bevor die Frau im weißen Kittel bei mir angelangt ist. Sie stellt sich vor und bittet mich, ihr zu folgen.

»Der Patient wird gleich hereingebracht«, erzählt sie unterwegs. »Das Gespräch wird wahrscheinlich nur eine halbe Stunde dauern. Aber es ist wichtig, dass er alles genau versteht.«

Im Besprechungszimmer weist sie mir einen Stuhl in der Ecke zu, damit genügend Platz für den Rollstuhl bleibe.

»Er ist infolge eines Unfalls querschnittgelähmt, mehr brauchen Sie vorerst nicht zu wissen«, sagt sie und fährt ihren Computer hoch. Ich gebe ihr in Gedanken recht und sehe mich im Zimmer um. Es ist sehr hell, die Fenster nehmen die ganze Längsseite ein. Die Deckenlampe hängt etwas zu tief, nur wer kleiner als 175 cm ist, kann aufrecht darunter hindurchgehen, schätze ich. Die Kinderzeichnung an der großen Pinnwand zeigt ein brennendes Haus. Oder sollen das eher rote Blumen sein, die aus dem Dach sprießen? Schwer zu sagen, aber die Frage könnte als Ablenkung dienen, sollte es schwierig werden.

Die Tür geht auf. Die Ärztin und ich stehen auf, sie gibt der jungen Pflegerin die Anweisung, wo sie den Rollstuhl des Patienten hinstellen soll. Die Pflegerin arretiert die Räder und geht. Der Patient ist jung, er trägt einen dichten, dunklen Bart, seine Haare sind zu einem Pferdeschwanz gebunden. Sein wacher Blick huscht zwischen der Ärztin und mir hin und her.

»Felipe ten Holt«, sage ich. »Ich werde für Sie dolmetschen.« Er nickt und schließt kurz die Augen. Die Ärztin spricht langsam und blickt immer wieder zu mir, ich übersetze und gebe den Blick an den Patienten weiter. Er schweigt. Die Ärztin erklärt, dass er sich noch im sogenannten spinalen Schockzustand befinde und dass die in diesem Zusammenhang aufgetretene »schlaffe Lähmung« sich langsam lösen würde. Sein Zustand dürfte sich in einem gewissen Ausmaß bessern, allerdings könne man zum jetzigen Zeitpunkt nicht sagen, wie rasch. Sie zögert kurz, als möchte sie den Nachhall der eigenen Worte überprüfen. »Verstehen Sie mich?«, fragt sie ein wenig zu langsam und ein wenig zu laut.

Sie erklärt ihm die einzelnen Behandlungsschritte und betont, wie wichtig es sei, dass er aktiv an der Therapie mitarbeite. Er versteht und nickt immer wieder, vielleicht eine Spur unwillig, als möchte er das Gespräch schneller beenden. Die Ärztin bemerkt es nicht, wiederholt die letzten Erklärungen und hört sehr genau hin, während ich übersetze. Kurz kommt mir der Verdacht, dass sie die Sprache des Patienten versteht, aber ich verwerfe den Gedanken wieder, sie hätte sich deutlicher verraten.

Der Patient hat keine Fragen.

Unterwegs nach draußen überlege ich, ob jemand vom damaligen Personal immer noch hier ist. Wohl kaum, mein letzter Besuch liegt 30 Jahre zurück.

Es ist früh, das Kunsthaus ist noch lange offen. Trotzdem renne ich zur Haltestelle und sehe mit Ungeduld zu, wie eine Frau auf Krücken lange die Wagentür blockiert.

¶

Nach ihrer Entlassung aus dem Krankenhaus verbrachte meine Mutter nur zwei Tage zu Hause, dann begleitete Frau Dinkel sie in eine Reha-Klinik. Dort blieb sie weitere sechs Wochen. Ich besuchte sie mittwochs und an Wochenenden, brachte ihr ihre geliebten Oreos und erzählte von der Schule, vom Schach und von den Filmen, die ich auf Frinkels kleinem Fernseher gesehen hatte. Ich schwänzte den

Unterricht nicht mehr, vor allem, um meiner Mutter keinen Kummer zu bereiten, aber auch aus Rücksicht auf die Dinkels. Sie waren sehr nett zu mir, ließen mich täglich mit meiner Mutter telefonieren, gaben Frinkel und mir Geld fürs Kino und erlaubten uns, abends in Frinkels Zimmer CDs auch ohne Kopfhörer zu hören.

Herr Dinkel forderte mich hie und da zu einer Schachpartie auf, aber ich merkte bald, dass er mich gewinnen ließ. Das ärgerte mich. Frinkel hatte seinen Vater ebenso durchschaut, er wusste, dass dieser ein sehr guter Schachspieler war. Doch auch Frinkel sagte es mir nicht offen. Ich rächte mich, indem ich absichtlich schlecht spielte, und so verlor Herr Dinkel das Interesse. Das war mir recht.

Alfred und meinen Vater erwähnte niemand, die Gespräche am Tisch beschränkten sich auf die Schule und die Gesundheit meiner Mutter. Sie mache große Fortschritte, hieß es, schon bald würde sie vollständig genesen und dann würde sie nach Hause kommen. Ich weiß nicht, warum, aber ich ahnte bereits, dass sie, wie beim Schach, nicht ganz ehrlich zu mir waren. Aber vermutlich hätte ich die Wahrheit, falls sie mir jemand gesagt hätte, ohnehin nicht ertragen können. Noch nicht.

¶

An einen Besuch in der Klinik kann ich mich sehr deutlich erinnern. Meine Mutter und ich saßen im

Garten des Krankenhausrestaurants, ich erzählte ihr die Handlung von »Kevin allein zu Haus« und tat mein Bestes, um sie zum Lachen zu bringen. Ohne Erfolg. Sie blieb still, kommentierte die Gags nicht, wie sie es sonst immer tat. Ich war nicht sicher, ob sie mir überhaupt zuhörte, und fragte sie, ob alles in Ordnung sei und ob sie lieber hineingehen möchte. Sie sah an mir vorbei und sagte: »Ich wollte das nicht. Von Anfang an nicht.«

»Was wolltest du nicht?«, fragte ich verwirrt. Aber da wurde ihr Blick wieder wacher, sie schüttelte den Kopf und sagte, Kevin sei ein guter Junge, nur sollte er nicht mit dem Bügeleisen spielen. Ich lachte für den Fall, dass sie das als Witz gemeint hatte. Aber sie blieb ernst und sah mich verwundert an. Dann sagte sie, sie sei müde, ich solle nun wieder gehen und ihr den Film ein anderes Mal fertig erzählen. Sie umarmte mich kurz und ging ins Haus. Das war so seltsam, dass ich einen Moment lang überlegte, ob ich nach ihrem Arzt rufen sollte. Aber dann redete ich mir ein, dass sie einfach müde gewesen war und dass ich mir zu viele Sorgen machte. Vielleicht, so tröstete ich mich, sei ich überempfindlich, schließlich hatte ich ja auch einen Schock erlitten.

Erst in der Straßenbahn fiel mir ein, dass sie kein einziges Mal »cariño« gesagt hatte.

¶

Der Mann vor mir an der Kasse hat einen Einkaufswagen genommen, obwohl ein Korb ausgereicht hätte. War er zerstreut? Hat er den Einkaufszettel vergessen und dann sein Gedächtnis überschätzt? Oder hat er nach und nach die Hoffnung aufgegeben? Eine Flasche Rotwein, eine Packung Penne, geriebener Parmesan. Welch ein Klischee. Ich muss einen halben Schritt zur Seite tun, um den Rest seines Einkaufs auf eventuelle Dissonanzen hin zu überprüfen. Koffeinfreier Kaffee, eine Packung Kondome, gesalzene Erdnüsse, ein Vollkornbrötchen. Alles klar, denke ich und wünsche mir ein wenig mehr Herausforderung.

¶

An einem Nachmittag besuchte uns der Psychologe, den ich von der Kinderschutzbehörde her kannte. Er sagte, ich würde bei der Prozessvorbereitung gegen Alfred als Zeuge vorgeladen. Da ich noch nicht volljährig sei, habe man für mich einen »Kollisionsbeistand« organisiert, der mich zu Befragungen begleiten und auch beraten würde. Ich fand das Wort seltsam, es erinnerte an einen Verkehrsunfall, aber ich behielt das für mich. Mein Beistand war eine Beiständin, sie hieß Frau Gubler, hatte graue Haare, Lachfalten um die Augen und eine sehr tiefe und laute Stimme. Sie sagte, ich solle mir keine Sorgen machen und einfach die Wahrheit sagen. Sie würde dafür sorgen, dass alles mit rechten Dingen zugehe.

Alfred – sie nannte ihn den »Beschuldigten« – würde womöglich aussagen, dass ich ihn provoziert und auch tätlich angegriffen hätte. Aber ich solle einfach bei der Wahrheit bleiben, dann komme alles gut. Ich fragte, ob »der Beschuldigte« im Gefängnis bleiben müsse.

»Wahrscheinlich«, sagte sie.

Ich bedauerte, dass die richtigen Gefängnisse, die ich aus dem Fernsehen kannte, anders aussahen als in meinem Comic: keine Gitterstäbe am Boden, kein stinkendes Wasser darunter, keine Ratten und keine schimmlige, dünne Matte, so feucht, dass daraus Pilze wuchsen. Ich erzählte Frau Gubler nicht davon, aber ich bildete mir ein, dass auch sie Alfreds Gefängnis ähnlich einrichten würde. Das tat gut.

¶

FEYMANN

- **Ich bin sicher, dass der Verdächtige der Täter ist. Die Beweise sind eindeutig.**
- **Sag ihm das.**
- **Direkt?**
- **Direkt, ten Holt. Aber erzähl ihm nicht alles, was du weißt.**
- **Warum nicht?**
- **Damit auch er etwas zu erzählen hat.**
- **Aber ich kenne die Geschichte.**
- **Nicht von ihm.**

- **Soll er nicht denken, dass er nichts zu verlieren hat?**
- **Er soll denken, dass er etwas zu gewinnen hat.**

¶

Ich besuchte meine Mutter nicht mehr so oft. Vor mir selbst redete ich mich auf das Ende des Schuljahres aus, die Prüfungen und das Zeugnis, was einigermaßen funktionierte. Frinkels Eltern nahmen mir die Ausreden nicht ab, sie drängten mich immer wieder dazu, in die Klinik zu fahren. »Deine Mutter würde sich sehr freuen, Felipe. Sie fragt immer wieder, wann du sie wieder besuchen kommst«, sagte Frau Dinkel. Ich sprach es nicht aus, aber es fiel mir schwer zu glauben, dass meine Mutter mich sehen wollte. Wenn ich bei ihr in der Klinik war, saß sie nur still da, sah an mir vorbei und seufzte. Ich hatte immer weniger Lust, ihr von der Schule zu erzählen, denn ich war mir sicher, dass ihr das alles egal war. Manchmal sagte sie seltsame Sachen, und wenn ich nachfragte, sah sie mich verwundert an und wusste nicht, wovon ich sprach. Das machte mir Angst und es machte mich traurig, aber ich getraute mich nicht, den Arzt, der sich um meine Mutter kümmerte, darauf anzusprechen. Ich wollte nicht hinter ihrem Rücken über sie reden, auch nicht mit einem Arzt.

Als sie wieder nach Hause kam und ich bei den Dinkels auszog, schien es ihr besser zu gehen. Sie sprach zwar immer noch wenig, aber dafür sagte sie weniger oft verstörende Dinge. Sie war erst 36, mir kam das schon vor dem Unfall sehr erwachsen vor, aber nun schien mir, als hätte sie sich in den wenigen Monaten in eine alte Frau verwandelt.

¶

Warst du eine gute Tochter? Sprachen deine Eltern häufiger mit dir oder über dich? Hattest du Geschwister? Vielleicht eine Schwester, auf die du neidisch warst? Warst du die Stille, sie die Lebenslustige, du die Kluge, sie die Flatterhafte? Vielleicht war dein Vater ein vermögender Kaufmann, der dank seines Ansehens und seiner Klugheit mit Descartes und Spinoza verkehrte und dich ihnen vorstellte, stolz, aber ein wenig zu gönnerhaft, wie du fandest, und dann lobte Descartes deine Schönheit und Spinoza deine Anmut. Nach ein paar weiteren Komplimenten musstest du gehen, damit sie ihr gelehrtes Gespräch fortsetzen konnten. Trugst du beim kurzen Austausch der Höflichkeiten die Perlenkette, die du auf dem Bild anhast?

Ich könnte mich noch lange in Klischees ergehen und Fragen stellen. Aber wenn ich in deine Augen sehe, wird mir klar, dass ich die Antworten gar nicht wissen will. Wir müssen nicht voneinander Bescheid wissen, um uns nah zu sein. Auch du verstehst dich auf die Einsamkeit, das genügt.

¶

Meine Mutter konnte nicht mehr im Treuhandbüro arbeiten, die Zahlen und Tabellen strengten sie zu sehr an. Die Versicherung legte ihr eine Umschulung nahe, sie wählte die Gärtnerin. Schon vom ersten Tag an ging sie gern in die Gärtnerei, das war ihr deutlich anzusehen. Ich war sehr erleichtert. Meine Hoffnung, dass sie zu ihrer alten Heiterkeit zurückfinden würde, erfüllte sich hingegen nicht. Zu Hause blieb sie verschlossen, antwortete knapp oder gar nicht auf meine Fragen und wollte nicht wissen, womit ich meine Zeit verbrachte. Es gab Tage, an denen wir einander gar nicht begegneten, und wenn doch, dann nur kurz vor dem Kühlschrank oder am Esstisch bei Kaffee und aufgeschlagener Zeitung.

Meine Mutter hatte wöchentlich Arzttermine, sie machte Psychotherapie und unterzog sich zahlreichen neurologischen Tests, schluckte unglaublich viele Pillen mit unglaublich komplizierten Namen und probierte auch alternative Behandlungsmethoden aus. Ihre Zerstreutheit, Vergesslichkeit und ihre Stimmungsschwankungen blieben, die Kopfschmerzen auch. An den Wochenenden verließ sie kaum ihr Zimmer, und wenn ich nach ihr sehen wollte, fand ich einen Zettel an ihrer Tür, auf dem sie mich bat, sie nicht zu stören und leise zu sein.

Wir hatten weniger Geld, trotz der Rente, die wir nach Pappies Tod bekamen. Frau Gubler sagte, dass das Gericht »den Beschuldigten« sehr wahrscheinlich zur Zahlung einer Entschädigung an uns verurteilen würde. Wir machten uns trotzdem keine großen Hoffnungen, Alfred hatte nie Geld gehabt.

Nach ein paar Wochen verkaufte meine Mutter das Auto. Das war nicht weiter schlimm, wir fuhren ohnehin nirgendwo mehr hin. Vielleicht hatte ihr der Arzt das Autofahren verboten, sie erzählte es mir nicht, ich getraute mich nicht zu fragen.

¶

Der Sozialarbeiter ist jung, vielleicht ist diese Besprechung seine zweite oder dritte. Er ordnet seine Blätter auf dem Tisch, legt die Fingerspitzen aneinander, sagt »so« und »schauen wir mal«, dann weiß er nicht weiter. Sein Klient sitzt ihm gegenüber, ein älterer Mann mit müden Augen, sehr blass, sein Haar lang und schütter. Ich sehe mich im Raum um, keine Bilder an den Wänden, nur Aktenschränke, alle gleich, alle zu, neben der Tür ein unbenutzter Garderobenständer. Der Sozialarbeiter nippt an seinem Wasserglas, räuspert sich und dankt dem Klienten, dass er der Einladung gefolgt sei. Der Klient wartet keine Übersetzung ab. Ich erkläre ihm die Sache mit dem Amtsgeheimnis, er sagt, er habe nichts zu verbergen, das Amtsgeheimnis interessiere ihn nicht. Dann verschränkt er die Hände ineinander und wendet den Kopf zum Fenster.

Der Sozialarbeiter räuspert sich. »Das ist eine Routinebesprechung, wissen Sie«, sagt er. »Alles ist

eigentlich in Ordnung, aber es ist wichtig, dass alle auf dem neusten Stand sind.« Dann fragt er, ob der Klient, »wie wir das beim letzten Termin besprochen haben«, die fehlenden Kontoauszüge mitgebracht habe. Ich übersetze, der Klient zieht ein Bündel zerknitterter Papiere aus einer Plastiktüte und schiebt sie über den Tisch. Der Sozialarbeiter sieht mich an, ich verstehe seinen Blick, aber ich will ihn nicht verbal weiterreichen. Ich übersetze nur, was gesagt wird, keine Gesten, keine Andeutungen. Er seufzt und zieht die Papiere zu sich heran, streicht sie widerwillig mit der Handkante glatt, wendet sie und versucht sich zurechtzufinden.

»Ist das alles?«

Der Klient nickt. »Natürlich ist das alles. Was denn sonst?«, fragt er und gibt sich große Mühe, feindselig zu klingen. Der Sozialarbeiter legt wieder die Fingerspitzen aneinander und sagt, ja, das sehe auch für ihn vollständig aus, sehr gut sei das, vielen Dank, er müsse nun alles mit der neusten Aufstellung vergleichen. Ich übersetze, der Klient nickt.

»Wie geht es Ihnen denn sonst? Halten Sie alle Arzttermine ein? Waren Ihre Kinder schon zu Besuch?« Ich denke an Feymann und daran, wie er uns immer wieder einschärfte, nie zwei Fragen auf einmal zu stellen.

»Wie läuft es bei der Wohnungssuche?«

»Schlecht.«

»Warum schlecht? Haben Sie …«

Der Klient fällt ihm ins Wort, antwortet auf Deutsch: »Weil kei Wohnig frei, nix.« Dann sagt er es auch noch in seiner Sprache, sucht meine Zustimmung. Ich schweige, sehe zu, wie sich der lange Arm des Baukrans vor dem Fenster langsam bewegt. Das Seil ist gespannt, aber die Last ist zu weit unten, als dass ich sie sehen könnte.

»Ich werde Ihnen eine aktualisierte Liste mit Adressen und Telefonnummern mitgeben«, sagt der Sozialarbeiter. Dann erklärt er, wie das Arbeitsamt funktioniert und dass man die Termine bei der Beraterin unbedingt einhalten müsse. Ob er noch Fragen habe? Der Sozialarbeiter schaut unsicher zu mir. Der Klient hat keine Fragen, ich sehe ihm an, dass er bloß noch etwas Grobes sagen will, aber es fällt ihm offenbar nichts Passendes ein. Einen Augenblick lang überlege ich, warum er so an seiner Wut festhält und was sein eigentliches Problem ist. Aber dann besinne ich mich darauf, dass ich das nicht wissen will. Der Klient sagt nichts, lässt den Kopf kreisen wie ein Boxer vor dem Kampf, sieht mich an, grinst. Ich suche den Kran vor dem Fenster, er schwenkt nun in die andere Richtung, das Seil schwingt frei, ich wüsste gerne, was für eine Last man ihm gleich mitgeben wird.

»Dann wären wir hier fertig«, sagt der Sozialarbeiter und schiebt die Papiere zusammen. »Danke, dass Sie gekommen sind.«

Ich frage mich, warum auch immer, ob er sich nur beim Klienten oder auch bei mir bedankt. Der

Klient sagt nichts, als ich den Dank übersetze. Für einmal nickt er nicht, sein Händedruck ist kurz und schlaff. Ich überlege, ob ich auf dem Weg ins Kunsthaus einen Umweg über die Flusspromenade machen soll. Die Luft ist weich wie Seide.

¶

Hat dein Maler Mona Lisa gekannt? Ist dein Lächeln eine Anspielung, ein Reim auf die berühmte Vorgängerin? Eine Verbeugung oder eher ein Scherz?

¶

An den Gerichtsprozess erinnere ich mich weder gern noch genau. Meine Mutter wurde aus gesundheitlichen Gründen von der Anwesenheitspflicht befreit, sie durfte ihre Aussage schriftlich einreichen. Ich sagte, ich würde ihr beim Schreiben helfen, aber sie lehnte ab. Ob sie mich oder sich schonen wollte, habe ich nie herausgefunden. Frau Gubler riet mir, in meiner Aussage nicht zu übertreiben und so nah bei der Wahrheit zu bleiben, wie ich mich auf mein Gedächtnis verlassen konnte.

»Keine Spekulationen, keine Deutungen, keine Schlussfolgerungen«, schärfte sie mir ein. »Die würden sie dann gegen dich verwenden.«

Das merkte ich mir gut, wenn ich auch nicht sicher war, ob ich die Empfehlung wirklich verstanden hatte.

Alfred stritt jegliche Absicht ab, redete sich auf den Alkohol heraus und darauf, dass ich ihn von Anfang an abgelehnt und ihn mit meinen Sticheleien provoziert hätte. Er habe niemanden verletzen wollen, habe sich an meiner Mutter nur festhalten wollen, weil ihm infolge seiner Trunkenheit schwindlig geworden sei. Er wurde wegen schwerer Körperverletzung zu vier Jahren Gefängnis verurteilt. Frau Gubler erzählte mir, dass sein Anwalt Berufung eingelegt und das Protokoll meines Gesprächs mit Schiller und den anderen eingefordert habe. Davon versprach ich mir nichts Gutes, aber Frau Gubler sagte, ich solle mir keine Sorgen machen.

Im Berufungsprozess wurde Alfreds Strafe auf dreieinhalb Jahre verkürzt. Sein Anwalt konnte aufgrund des Protokolls von Schiller glaubhaft machen, dass ich »ein gewisses manipulatives Verhalten« an den Tag gelegt und durch meine Provokationen Alfreds »Zurechnungsfähigkeit beeinträchtigt« hätte. Zwar könne man mir keine direkte Schuld nachweisen, hieß es, aber man lasse die Möglichkeit zu, dass mein Verhalten gegenüber Alfred dessen Straftat begünstigt habe. Alfred getraute sich nicht, Martha ins Spiel zu bringen, und ich wusste auch ohne Frau Gublers Rat, dass ich sie auf keinen Fall erwähnen sollte. So erfuhr weder das Gericht noch Frau Gubler noch meine Mutter, was Alfred und ich wussten. Als das endgültige Urteil gesprochen, Alfred anscheinend aus unserem Leben verschwand, Frau

Gubler und die Dinkels mir gratulierten und sagten, nun sei alles vorbei, da ahnte ich, dass ich erst werde lernen müssen, alleine mit meiner großen Schuld zu leben.

¶

»Wenn du nach dem Abitur studieren willst, werde ich dir nicht alles bezahlen können«, sagte meine Mutter einmal beim Abendessen, ohne Übergang und ohne Bedauern. Ich nickte und sagte, dass ich nicht weiß, ob ich überhaupt studieren wollte. Und wenn doch, fügte ich großspurig hinzu, dann würde ich eine Lösung finden. Damit war das Thema für sie abgehakt, sie versank wieder in die Stille. Dass nun alles an mir lag, bedrückte mich. Gleichzeitig fühlte ich so etwas wie Erleichterung, denn ihre Schroffheit half mir gegen die Schuldgefühle, wenn auch nur ein wenig und nur für kurze Zeit.

¶

Frinkels Vater hatte eine gute Arbeitsstelle in Frankreich angeboten bekommen, die Dinkels zogen weg. Der Abschied von Frinkel fiel mir schwer, auch wenn unsere Freundschaft stets auf Comics, Kino und die Schule beschränkt blieb. Ich vermisste diese heitere Oberflächlichkeit mehr, als ich es erwartet hatte, die Späße, die boshaften Bemerkungen über Frau Kaum und die Nacherzählungen der besten Szenen aus »Corto Maltese«. Für mich war das genau richtig, ich hatte kein Bedürfnis, von den schwierigen Stunden mit meiner Mutter und von all den Zukunftssorgen zu erzählen. Frinkels Eltern waren reich, er hätte meine Sorgen ohnehin nicht verstanden, und auf eine seltsame Weise war ich darüber mehr erleichtert als enttäuscht.

Anfangs schrieben wir uns häufig, Frinkels Briefe waren ausführlicher als meine, aber bald merkte ich zwischen den Zeilen, wie er sich immer mehr anstrengen musste, um eine Seite zu füllen. Es kam mir vor, als würde ich die Stille zwischen zwei Sätzen hören, das fand ich traurig. Nach einem besonders stillen Brief schrieb ich ihm nicht mehr zurück. Ich vermute, dass er erleichtert war. Wir verloren einander aus den Augen.

¶

Meine Mutter mochte die Arbeit in der Gärtnerei. Sie kam abends müde, aber gut gelaunt nach Hause, ihre Stimmung verdüsterte sich erst später. Ich schwänzte nicht mehr den Unterricht, war auch in Fächern fleißig, die mich nicht interessierten, schrieb gute Noten, reiste zu Schachturnieren, gewann immer wieder den zweiten oder dritten Preis, selten den ersten, und ich las viel – Deutsch, Spanisch, Niederländisch, mit der Zeit auch Englisch und Französisch.

Unsere Geldprobleme wurden immer schlimmer. Ich jobbte als Zeitungsausträger und gab Nachhilfestunden, meine Mutter war nicht dagegen. Wir sprachen selten miteinander, die Stille wurde zur Regel. Alfred erwähnten wir nie wieder, selbst dann nicht, wenn wir von früher sprachen und meine Mutter mich fragte, ob ich etwas von Frau Barthol oder Frau Kaum gehört hätte und wie es wohl Frinkel gehe. Ich hatte den Verdacht, dass sie damit zeigen wollte, wie gut ihr Gedächtnis funktionierte. Auf mich wirkte das, als würde sie sich an die Namen wie an etwas auswendig Gelerntes erinnern, ohne zu überlegen, wer diese Leute waren. Sie wartete auch nie meine Antworten ab, und wenn ich erzählte, Frau Kaum wohne nun in England und heiße vermutlich Mrs. Hardly, nickte sie ernst, als hätte sie den Scherz nicht erkannt. Es kam oft vor, dass sie ein paar Stunden später fragte, wie es wohl Frau Kaum gehen mochte.

¶

Die Patientin ist alt, sie sieht nur kurz auf, als wir ihr Zimmer betreten, dann seufzt sie und senkt den Blick auf ihre Hände. Die Ärztin spricht laut und überdeutlich, ich möchte darauf vertrauen, dass die Patientin sich davon nicht verunsichern lässt. Ich erkläre ihr, warum ich da bin, und bemühe mich, ihren Dialekt zu sprechen. Von der Ärztin habe ich erfahren, woher die Frau stammt.

Die Liste der Fragen ist lang, die Ärztin legt gleich los, sie wartet die Antworten nur kurz ab, wirft

einen Blick auf ihre Notizen und stellt die nächste Frage. Die Patientin schweigt. Sie fährt sich mit den Fingerspitzen der einen Hand über den Handrücken der anderen, die Geste ist rührend und verstörend zugleich. Die Ärztin will wissen, ob sie die Fragen verstehe, aber die alte Frau reagiert nicht. Ich wiederhole die letzte Frage, die Ärztin deutet mit einem Kopfnicken ihr rückwirkendes Einverständnis an. Als ich mich etwas näher zur Patientin bücke, merke ich, dass sich ihre Lippen bewegen. Ich bitte sie, ihre Worte zu wiederholen, wir hätten sie leider nicht verstanden. Aber dann wird mir klar, dass sie nicht spricht, sondern weint. Auch die Ärztin hat es gemerkt, sie lehnt sich zurück, leicht genervt, wie mir scheint, und überlässt es mir, die Patientin zu beruhigen. Ich wiederhole, dass wir ihr helfen möchten, und ich achte sehr darauf, dass meine Redeweise zum Inhalt meiner Worte passt. Die Patientin weint immer noch, nun ein wenig verhaltener. Etwas irritiert mich, aber ich komme nicht darauf, was es ist.

Die Ärztin schaltet sich wieder ein, sie spricht leiser und eindringlicher. Die Patientin schluchzt auf. Nach einer Weile gebe ich der Ärztin ein Zeichen und wiederhole die Frage: »Wissen Sie, welches Jahr wir haben?«

»Klar weiß ich das«, sagt die Patientin überraschend deutlich und schaut mich verwundert an. »1953.«

»Wissen Sie auch, wo wir sind?«

Sie nickt. »Mein Papa holt mich gleich ab.«

Nun verstehe ich, was mich vorhin gestört hat, die Erkenntnis trifft mich härter, als ich es zulassen möchte. Die Patientin weint nicht wie eine alte Frau, sondern wie ein kleines Mädchen. Ein paar Sekunden lang überlege ich, ob es die Ärztin auch gemerkt hat und ob ich es ihr, falls nicht, sagen soll. Aber ihr Blick ist auf ihre Notizen geheftet, sie schreibt etwas und unterstreicht es energisch. Dann hebt sie den Kopf und sieht mich fragend an. Ich schüttle den Kopf. Die Ärztin legt ihre Hand auf den Unterarm der Patientin und sagt, sie werde bald wieder vorbeikommen.

Die Patientin hebt den Kopf und schaut zu mir hoch. »Mein Papa holt mich gleich ab«, wiederholt sie.

Die Ärztin wartet meine Übersetzung nicht ab und steht auf. Draußen im Gang fragt sie mich, ob wir einen Folgetermin vereinbaren könnten. Mir fällt keine Ausrede ein, wir suchen kurz in unseren Kalendern und finden ein Datum in ein paar Wochen.

Ich gehe zu Fuß nach Hause. Der Lebensmittelladen um die Ecke ist zum Glück noch offen. Ich brauche eine neue Dissonanz.

¶

Wir waren nach wie vor knapp bei Kasse. Mit meinen beiden Jobs brachte ich ungefähr die Hälfte der

Miete herein. Das war immer noch zu wenig. Nach vier Wochen wurde mir ein weiteres Austragungsgebiet zugeteilt. Das bedeutete ein wenig mehr Geld, aber ich musste nun noch früher aufstehen.

Eine Abonnentin in meinem neuen Viertel hieß Martha Frehm, ich erkannte den Namen mit Freude wieder. Aus einer Laune heraus legte ich einen Zettel für sie zwischen die Seiten ihrer Zeitung. Am nächsten Morgen fand ich eine kurze Antwort in ihrem Briefkasten. Ich schrieb zurück, dieses Mal etwas ausführlicher, sie antwortete, und bald fiel es mir viel weniger schwer, so früh aufzustehen. Das eine oder andere Briefchen war nicht an Martha, sondern an Zorro gerichtet, und er revanchierte sich mit kleinen Zetteln an mich, die aber immer einen Gruß von Martha enthielten. Mit der Zeit wurden die Briefe weniger regelmäßig, dafür ausführlicher. So erfuhr ich, dass Alfred auch sie damals bedroht habe und sie hinterher in Therapie gewesen sei. Sie wohnte seit einem halben Jahr an der neuen Adresse und arbeitete in einer kleinen Buchhandlung im Zürcher Kreis 3. Außerdem singe sie in einer Band mit dem Namen »Saitenblick«. Ich fragte Zorro, ob sie eine gute Stimme habe, aber er schrieb zurück, er dürfe sich dazu nicht äußern, so mutig sei er auch wieder nicht. Sie wollte wissen, wie es mir ging, und ich erzählte vom Schach und den Abiturprüfungen und erwähnte auch, dass meine Mutter immer noch an den Folgen der Kopfverletzung litt. Nach dem Abitur würde ich Psychologie und Germanistik studieren und ziemlich sicher meinen Zeitungsjob aufgeben müssen. Zorro antwortete, ich könne doch auch ohne die Zeitung vorbeikommen, Martha würde sich sicher freuen. Ich tat es, das Wiedersehen war schön, wir plauderten lange, und beim Abschied gab mir Martha einen Flyer mit ihren Konzertdaten. Ich ging hin und fand »Saitenblick« sehr gut. Sie freute sich, und ich freute mich über ihre Freude. Den Vorfall damals in ihrer alten Wohnung erwähnten wir mit keinem Wort.

Für alle Fälle erzählte ich meiner Mutter nicht von Martha, auch wenn ich ziemlich sicher war, dass es ihr egal gewesen wäre.

¶

Meine Mutter sagte, sie habe ihre finanzielle Situation durchgerechnet und würde mich nun doch nach Möglichkeit unterstützen, wenn ich studieren möchte. Schließlich hätte sie sich in meinem Alter auch über diese Möglichkeit gefreut. Sie habe so viele schöne Pläne gehabt, sagte sie und zählte wieder einmal all die Sprachen auf, die sie gerne gelernt hätte. Ich kannte die Geschichte, sie hatte mich meine ganze Kindheit hindurch begleitet.

»Du sollst es besser haben«, sagte sie und seufzte. »Für mich ist es zu spät.«

Die Entschädigung, zu der das Gericht Alfred verpflichtet hatte, wurde nie ausbezahlt. Alfreds

Anwalt hatte den Verkauf seiner Bilder verhindert, es gab keine Einnahmen und kein Vermögen. Die Waisenrente, die ich nun als Volljähriger selbst verwalten durfte, war ausgesprochen bescheiden, sie fiel nicht ins Gewicht.

Martha riet mir, mich um ein Stipendium zu bewerben, und sie half mir beim Ausfüllen der umfangreichen Formulare. Zu meiner großen Überraschung sagte eine Stiftung zu. Ich konnte studieren. »Das ist eine gute Nachricht«, sagte meine Mutter. »Aber du sollst nicht Psychologie, sondern Fremdsprachen studieren. Das hätte ich so gerne getan, damals, wenn nicht …«

Meinen Studienbeginn feierte ich mit Martha. »Du siehst gleich erwachsener aus«, sagte sie. Ich wandte mich an Zorro und fragte, ob er das auch so sehe, worauf Martha ihre Einschätzung zurücknahm.

Ich besuchte Vorlesungen, schrieb Seminararbeiten, jobbte in einer Bar, später in einem Secondhandshop, dazu schrieb ich immer wieder kurze Beiträge für eine Psychologiezeitschrift. Als ich meiner Mutter sagte, dass ich ein Zimmer in einer WG gefunden hatte, schien sie weder traurig noch erfreut.

»Habe ich dir erzählt, dass ich gleichzeitig Hebräisch und Arabisch lernen wollte?«, fragte sie. »Die dort führen Krieg, weil sie sich nicht verstehen, meinst du nicht?«

Ich versuchte, mir keine Sorgen um sie zu machen. An manchen Tagen war das nicht leicht. Die

Schuldgefühle lasteten schwer auf mir, ich wusste nicht, wohin mit ihnen.

Was ich niemandem erzählte, nicht einmal Martha: Ich schrieb immer noch Briefe an Pappie, von Hand und mindestens einmal wöchentlich. Inzwischen füllten sie eine Kassette, an der ich für alle Fälle ein Vorhängeschloss angebracht hatte. Mein Niederländisch war gut genug, ich musste nicht mehr so viel Zeit auf die Vokabelsuche verwenden. Ich gestand Pappie meine Zweifel, ob Psychologie das Richtige war, wenn man sich mit Wahrheit und Lüge besser auskennen wollte. War ich naiv? Vermutlich. Immerhin suchte ich die Schuld nicht im Studienfach, sondern in meiner Einstellung, was es auch nicht leichter machte.

¶

Annike lernte ich nach einem langweiligen Vortrag über Kognition und Motivation kennen. Wir eilten aus dem Saal und stießen am Ausgang zusammen. Annike sagte, das Einzige, wozu dieser Vortrag sie motiviert habe, sei ein doppelter Espresso in der Mensa. Ich stimmte zu, schlug aber vor, den Espresso im kleinen Café um die Ecke zu trinken, denn da gebe es bessere Croissants. Wir kamen ins Gespräch, Annike erzählte mir, dass ihr Vater aus der DDR stammte, ihre Mutter Niederländerin war und die beiden in einem Vorort von Amsterdam lebten. Wir wechselten gleich ins Niederländische und verstanden uns sofort noch besser, nicht nur sprachlich.

Eine Woche, nachdem wir ein Paar geworden waren, besuchten wir meine Mutter. Annike gab sich große Mühe, ein Gespräch anzufangen und auf einem heiteren Niveau zu halten. Der Erfolg war mäßig, meine Mutter wirkte abwesend, sie vergaß immer wieder Annikes Namen, sprach sie auf Spanisch an und mich auf Deutsch. Hinterher erklärte ich Annike, dass es vermutlich an ihrem leicht niederländischen Akzent gelegen hatte, er würde meine Mutter zu sehr an Pappie erinnern. Annike sagte, sie verstehe das und ich solle mir keine Sorgen machen. Aber von da an war sie immer beschäftigt, wenn ich vorschlug, gemeinsam zu meiner Mutter zu fahren.

Martha sagte, sie finde Annike sympathisch, allerdings flüsterte sie mir im Vertrauen zu, Zorro würde mir zu Vorsicht raten, er könne aber nicht erklären, warum. Ich erinnere mich gut, wie ich diese Warnung zunächst seltsam fand, ein halbes Jahr später aber dem alten Teddybären eine gute Menschenkenntnis zubilligen musste.

¶

Als Annikes Austauschsemester zu Ende war, schlug sie vor, dass ich sie nach Amsterdam begleiten und dort weiterstudieren solle. Zunächst wollte ich wegen meiner Mutter ablehnen, aber dann überlegte ich, dass die Distanz uns möglicherweise näherbringen könnte. Vielleicht war das nur eine Ausrede, mit der ich mein schlechtes Gewissen beruhigen wollte.

In den folgenden Wochen bemühten wir uns, für mich einen Studienplatz in Amsterdam zu organisieren. Das erwies sich zwar als aufwändig, aber durchaus machbar. Der Kampf um Formulierungen und mit Formularen machte uns beinahe Spaß, wir feierten jeden kleinen Erfolg.

Annike freute sich auf den Umzug, schmiedete Pläne und schwärmte von Amsterdam. Ich erzählte ihr von jener seltsamen Reise mit meinen Eltern, aber ich verschwieg den Streit, es schien mir nicht richtig, von etwas zu erzählen, was ich auch nach Jahren nicht verstand.

Ende August zogen wir um. Martha war beim Abschied traurig, sie sagte, sie würde mich sehr vermissen, und wünschte uns viel Glück. Meine Mutter umarmte mich kurz und gab Annike die Hand. Als wir das Haus verließen, sah ich mich auf der Straße um, ob sie uns vom Fenster aus zuwinkte. Sie tat es nicht. Die Traurigkeit darüber schnürte mir die Luft ab.

¶

FEYMANN

- **Wie deutest du das Verhalten des Beschuldigten, ten Holt?**
- **Er hat Gewissensbisse.**

- **Wie willst du sie nutzen?**
- **Indem ich seine Selbstvorwürfe verstärke.**
- **Das Gegenteil wäre zweckmäßiger.**
- **Weshalb?**
- **Auf deine Vorwürfe wird er mit Widerstand reagieren. Auf dein Verständnis mit weiteren Selbstvorwürfen.**

¶

Unsere ersten Monate in den Niederlanden waren schwieriger als erwartet. Wir hatten kein Geld, die Jobsuche gestaltete sich sehr mühsam, und auch an der Uni lief es nicht nach Wunsch. Doch dann fand ich mit viel Glück Arbeit in einem Café, Annike gab Privatstunden in Deutsch und Englisch, wir kamen über die Runden.

Am Anfang wohnten wir bei Annikes Eltern in Weesp, südöstlich des Stadtzentrums. Nach ein paar Wochen fanden wir mit viel Glück ein WG-Zimmer im Süden der Stadt, nicht weit von der Universität.

Jens, Annikes Vater, sprach Niederländisch mit sächsischem Einschlag, das war lustig. »Weißt du«, sagte er und lachte, ich erkannte Annikes Lachen wieder, »der Akzent ist eine Art Souvenir. Ich hege und pflege ihn, so gut ich kann.«

»Als ich Jens das erste Mal sprechen hörte, dachte ich, er hätte einen Sprachfehler und sollte sich behandeln lassen«, erzählte Annikes Mutter Saskia. Der Scherz gehörte offenbar zum Familienschatz, Annike warf mir einen verstohlenen Blick zu und verdrehte die Augen.

»Dein Vater soll sehr sportlich gewesen sein«, meinte Saskia zu mir.

Ich freute mich über die Gelegenheit, von Pappie zu erzählen: »O ja, sehr. Einmal ist er beim Midwinter-Marathon hinter Wies van Houten Zweiter geworden. Und er hat mich im Spaß mit Judogriffen so durcheinandergewirbelt, dass ich nicht mehr wusste, wo oben und wo unten war.«

Ich hätte gern mehr erzählt und durchsuchte meine spärlichen Erinnerungen nach weiteren Geschichten. Doch Annike unterbrach mich und wechselte das Thema. Auch wenn ich vermutete, dass sie es in guter Absicht getan hatte, nahm ich ihr die Einmischung übel und sprach an dem Abend nicht mehr mit ihr. Ich dachte, dass sie sich irgendwann später, wenn wir alleine waren, entschuldigen würde. Aber sie tat es nicht. Ich war sicher, dass Pappie an meiner Stelle gelassen geblieben wäre und das Ganze mit einem Scherz oder einer lustigen Grimasse abgetan hätte. Doch mir wollte das nicht gelingen. Der Vorfall verkeilte sich zwischen Annike und mir und tat weh.

Bald lernte ich auch Annikes großen Bruder Klaas kennen. Er arbeitete bei Europol in Den Haag, kam aber immer wieder nach Amsterdam und besuchte uns. Ich mochte Klaas auf Anhieb, seine Gelassenheit war ansteckend, und ich dachte mit Wehmut daran, wie gut er sich mit Pappie verstanden hätte. Außerdem war Klaas FIDE-Meister im Schach, unsere Partien verliefen sehr einseitig. Aber ich redete mir ein, dass ich mit jeder Niederlage besser wurde.

¶

Ich war oft stundenlang in der Stadt unterwegs und stellte mir vor, dass auch Pappie in seiner Kindheit am einen oder anderen Ort gewesen war. Es fiel mir leicht, ihn als Kind zu sehen. Vermutlich war er immer in Bewegung, bildete ich mir ein. Nicht hektisch, eher souverän und stark, und das schon als kleiner Junge. Ich fragte mich, ob andere Kinder ihn hassten oder beneideten und ob ihm das eine wie das andere mehr ausmachte, als er zeigen wollte. Dabei merkte ich, dass meine Einbildung und meine Erinnerung einander eher behinderten als unterstützten. Aber in Amsterdam kam ich damit klar.

Ab und zu telefonierte ich mit Martha, das tat gut. Sie erzählte von der Buchhandlung, vom Nachbarn, der die Waschküche oft besetzte, aber selten benutzte, und von Filmen, die sie im Kino gesehen hatte. Manchmal überließ sie Zorro den Hörer und dann erfuhr ich auch, dass sie sehr einsam war und damit immer schlechter klarkam.

Annike mochte es nicht, wenn ich Martha erwähnte, sie verstand diese Freundschaft nicht, und als sie mich einmal darauf ansprach, musste ich zugeben, dass auch ich nicht wusste, was genau zwischen Martha und mir war. »Ich kann das nicht erklären«, sagte ich. »Weder dir noch mir.« Annike glaubte mir nicht, das sah ich ihr an. Also hörte ich auf, von Martha zu erzählen, und Annike hörte auf zu fragen.

Ich rief meine Mutter alle zwei, drei Tage an. Doch sie hatte selten Lust, mit mir zu plaudern, antwortete knapp auf meine Fragen nach ihrer Gesundheit und der Arbeit in der Gärtnerei. Wie es mir ging, fragte sie nicht. Gelegentlich fing ich an, von einem Seminar, einem Professor oder jemandem aus unserer WG zu erzählen und hoffte auf ihr Interesse oder zumindest auf einen Lacher. Vergeblich. Als ich ihr erzählte, dass ich eventuell die Studienrichtung ändern würde, antwortete sie mit einer Floskel und fügte etwas Unzusammenhängendes hinzu. Sie nannte mich nicht mehr »cariño«, und das bedrückte mich so sehr, dass ich mit niemandem darüber reden konnte, nicht mit Martha, nicht mit Zorro, schon gar nicht mit Annike.

Das Studium war anstrengend, ich hatte einen vollen Stundenplan, schrieb Seminararbeiten, legte Prüfungen ab, saß viele Stunden im Lesesaal der Bibliothek und kam oft erst spät nach Hause. Annike und ich sahen uns manchmal tagelang nicht. Ich vermutete, dass sie bei ihren Eltern übernachtete, und da ich bis spät in die Nacht lernen oder lesen musste, kam mir die Ruhe entgegen.

Mein Niederländisch war inzwischen sehr gut, man fragte mich nicht mehr, wo ich herkomme und was das für ein Akzent sei. Ich hatte weniger Zeit für die Briefe an Pappie, dafür schrieb ich schneller und konnte viel besser erklären, was mich beschäftigte. Mit jedem Brief wurde mir klarer, dass das Germanistikstudium nicht die Antwort auf die Frage war, die mich vor Jahren zu ebendiesem Studium bewogen hatte. Ich interessierte mich immer weniger für das Mittelhochdeutsche und für die Auswirkung des aufkommenden Nationalismus in Österreich-Ungarn auf die Wiener Moderne. Nach vier Semestern gab ich die Germanistik auf und schrieb mich stattdessen für die Kriminalistik ein. Annike blieb bei der Germanistik. Ich konnte ihr ansehen, dass sie meine Fächerkombination seltsam fand, und ich suchte nach einer einfachen Erklärung. Da ich keine fand, erzählte ich ihr als Entschädigung vom Forastero-Spiel. Sie nickte eine Spur zu ernst, schien darin kein richtiges Spiel zu sehen. Doch schon an diesem Abend stellten wir eine Schachtel für unpassende Dinge auf und nannten sie unsere F-Box.

¶

Die Frau hat Angst, ihr Blick irrt umher, bleibt eine Sekunde auf mir liegen, huscht zum Arzt hinüber, läuft auf ihm hinauf und rollt hilflos zurück, als wäre er eine Panzersperre. Sie schlingt immer wieder die Arme um sich, ihr Atem geht schwer. Der Arzt fragt,

wie es ihr geht, ich reiche die Frage weiter, schlage einen beiläufigen Ton an, will sie nicht weiter einschüchtern.

»Nicht gut«, sagt sie. »Nicht gut. Nicht gut.«

»Warum nicht gut?«, fragt der Arzt. »Haben Sie Angst?«

»Angst«, sagt die Patientin. »Angst.«

»Wovor haben Sie Angst?«

»Leute«, versucht es die Patientin auf Deutsch. »Viele Leute. Und er.«

»Wen meinen Sie?«

Die Frau antwortet nicht, blickt kurz zu mir herüber, dann schließt sie die Augen.

»Und diese Leute …«, versucht es der Arzt erneut. »Glauben Sie, dass sie Ihnen etwas antun würden? Dass sie böse sind?«

Kein vorschnelles Urteil, vermutlich weiß der Arzt, was er tut. Ich übersetze und warte. Die Frau schweigt, schlingt die Arme enger um sich, schaukelt vor und zurück.

»Haben Sie schlimme Erfahrungen mit anderen Menschen gemacht, früher, in Ihrem Land?« Der Arzt spricht sehr langsam.

»Schlimme«, sagt die Frau, »Erfahrungen.« Sie schaukelt, schaut zum Fenster hin, dann heftet sie ihren Blick auf mich, hört auf zu schaukeln, beugt sich nach vorn, redet sehr schnell: »Sie sind in der Nacht gekommen, laut, die Tür kaputt, uns aus dem Bett gezerrt, meinen Mann in den Hof gejagt, wie einen Hund, ja, einen Hund, ein Streit. Alle durcheinander, die Kleine weint, wir auf dem Bett, die Soldaten vor uns, ich halte die Kleine, ein Soldat drückt einen Finger unter mein Kinn. So.« Sie zeigt es, ich nicke. »Ich muss zu ihm hinaufschauen, dann sagt er etwas, aber ich verstehe nicht, ich verstehe nicht, die Schüsse auf dem Hof, zu laut.«

Sie verstummt, ich übersetze, der Arzt macht sich Notizen. Er ist im Begriff zu fragen, wer auf wen geschossen hatte, sucht noch das Wort. Im letzten Moment gelingt es mir, seinen Blick einzufangen. Er lässt die Frage auf den Boden fallen, geräuschlos. Die Frau zittert, ihre Lippen sind blass, ich schenke ihr ein Glas Wasser ein, der Arzt notiert etwas in sein Heft.

»Träumen Sie manchmal davon?«, fragt er und beugt sich leicht vor. »Oder sehen Sie ...« Ich falle ihm ins Wort, übersetze die erste Frage.

»Nein«, sagt sie. »Nein. Nein. Ich habe meine Kinder. Meine Arbeit. Ich darf nicht an früher denken.«

»Aber wovor haben Sie jetzt Angst?«

»Ich habe ihn gesehen«, sagt sie. »Gesehen. Hier, in der Stadt, beim ...« Sie schluchzt, schaukelt nun stärker, die Finger in die eigenen Oberarme gekrallt. Der Arzt wartet. Nach einer Weile fragt er: »Wen haben Sie gesehen?«

Sie wartet meine Übersetzung nicht ab.

»Ihn.« Sie spuckt das Wort aus und berührt kurz mit gekrümmtem Zeigefinger ihr Kinn. »Ihn.«

»Waren Sie bei der Polizei?«, fragt der Arzt.

Während ich übersetze, schreibt er etwas in seinen Block. Sie wiederholt stumm die Geste mit dem Zeigefinger und sucht meinen Blick. Ich schaffe es, nicht zu nicken. Der Arzt wiederholt seine Frage, ich übersetze, sie hält meinen Blick gefangen, will nicht zulassen, dass ich den Arzt ansehe.

»Der Polizist hat nicht zugehört«, sagt sie schließlich. »Die sind alle gleich. Alle.«

Der Arzt macht noch eine Notiz, unterstreicht ein Wort, blättert um.

»Wen meinen Sie?«, fragt er, nun etwas wacher.

»Die Polizei«, sagt sie.

»Wohnen Ihre Kinder noch bei Ihnen?«, fragt der Arzt. Sie streift ihn mit einem schnellen Blick, dann kehrt sie zu mir zurück. Ich wiederhole die Frage.

»Ja«, sagt sie sehr leise und schaut wieder den Arzt an. Ihr Blick ist lauernd, misstrauisch.

»Wie alt sind sie? Die Kinder?«, fragt er.

»Siebzehn und vierzehn«, sagt sie und blickt mich fragend an. Ich nicke. Der Arzt schweigt und blättert in seinen Papieren.

»Können die Kinder Ihnen zur Hand gehen?«, fragt er. »Sie … unterstützen?«

Sie zuckt mit den Schultern. »Ich will nicht, dass sie Angst haben.«

»Sie haben den Kindern von der … Begegnung noch nicht erzählt?«

Ich übersetze, sie schaut mich verständnislos an. »Sicher nicht«, sagt sie. »Sicher nicht. Das sind Kinder.«

»Ich mache Ihnen einen Vorschlag«, sagt der Arzt und schiebt seinen Block beiseite. »Bleiben Sie ein paar Tage hier bei uns. So können Sie sich vom Schock erholen, schlafen, sich beruhigen. Ich werde Ihnen ein paar Medikamente verschreiben, die ...«

»Sie sollen keine Angst haben«, sagt sie, noch bevor ich den Vorschlag übersetzen kann.

»Ihre Kinder können Sie besuchen, und Sie können ihnen erklären, dass es Ihnen nicht gut geht und Sie ...«

»Sie sollen keine Angst haben«, sagt sie an mich gewandt. »Sag ihm das. Er versteht das nicht.«

Ich übersetze, der Arzt wiederholt: »Ich verstehe, dass Sie sich Sorgen machen. Aber ich bin sicher, dass es so am besten wäre. Nach ein paar Tagen sieht alles anders aus. Dann können wir gemeinsam überlegen, wie wir weiter verfahren wollen.«

Die Frau schaut zu Boden. Der Arzt fährt fort: »Ihre Kinder sind schon groß genug, sie werden verstehen, dass Sie ein wenig ... Ruhe brauchen.«

Ich übersetze, der Arzt beugt sich vor. »Möchten Sie Ihre Kinder anrufen? Damit sie hierherkommen?«

Ihr Blick ist eine Frage, der ich mich nicht verweigern kann. Und so nicke ich.

¶

Ins Kunsthaus gehe ich heute zu Fuß. Ich will Zeit haben. Heute kommt mir ihr Lächeln traurig vor, das ist mir unangenehm, denn ich sehe darin eine Unterstellung, die ich nicht berichtigen kann. Ich trete zwei Schritte zurück, ohne den Blick von ihr abzuwenden, und ich freue mich, dass die Entfernung wirkt. Aber dann sehe ich, dass die Traurigkeit sich in ihren Blick verlagert hat. Das ertrage ich nicht, nicht heute. Ich suche nach etwas, womit ich sie umstimmen, nach Fragen, die ich ihr in Gedanken stellen könnte, um sie auf andere Gedanken zu bringen.

»Wovor hast du dich am meisten gefürchtet?«, frage ich plump. »Worüber hast du dich am meisten gefreut? Waren es Taten oder Worte? Gegenwart oder Zukunft?«

Ihr Blick wird nachsichtig, sie hat mich durchschaut. Ich lächle mit ihr, wir verstehen uns an diesem Abend, das tut gut.

¶

Eines Abends sah Annike die Kassette mit dem Vorhängeschloss und fragte, was drin war.

»Briefe. An meinen Vater. Also keine richtigen Briefe, denn, nun ja ... Obwohl ... ich sie an ihn richte. Eigentlich ist es so etwas wie ein Tagebuch. Dabei geht es mir um die ... na ja, das ist schwer zu erklären«, stotterte ich und merkte, wie umständlich und verschroben das klang. Während ich noch nach einer einfacheren Erklärung suchte, schaute Annike kurz auf und wandte sich wieder ihrem Buch zu. Ich sah ihr an, dass sie die Kassette am liebsten zu den anderen unpassenden Dingen gestellt hätte.

Meine Schuldgefühle vertieften sich, trotz der vielen Ablenkungen im Alltag. Vielleicht waren es aber gerade die Ablenkungen, die meine Schwermut schwerer machten.

¶

Die Frau lächelt mir zu, wir kennen uns inzwischen so gut, dass ich fragen dürfte, wie es ihr geht. Ich verzichte trotzdem darauf und belasse es bei einem Nicken. Zwar freundlich, aber nicht übertrieben. Auch das habe ich bei Feymann gelernt: die Abstufungen der freundlichen Begrüßung. Die Behördenvertreterin hat schlechte Laune, das wird nichts mit dem Fall zu tun haben, eher mit der Missstimmung im Team, ich habe gehört, mit welchem Unterton die Frau am Empfang vorhin den Namen unserer Gesprächsleiterin ausgesprochen hat. Die schlechte Laune könnte für das Anliegen der Klientin nützlich oder schädlich sein, je nachdem, wohin das Gespräch sich bewegen wird. Ich lasse gerade so viel Neugierde zu, wie es nötig ist, um dem Gespräch zu folgen und dabei am richtigen Interesse entlangzuschrammen.

»Uns liegt ein Polizeibericht vor«, sagt die Gesprächsleiterin. »Ihr Mann soll sie wieder geschlagen haben. Was ist vorgefallen?«

Das sieht nicht gut für die Frau aus. Ich versuche, den Gedanken fortzuscheuchen, es will mir nicht gelingen. Sie spricht leise, ich übersetze sofort und konzentriere mich nur auf ihre Worte, lasse die Körpersprache weg.

»Auch hat er mir die Hand verdreht, seither trage ich diese Schiene.« Sie zieht den Ärmel zurück und zeigt uns ihr Handgelenk.

»Ihr Mann hat ausgesagt, dass die Gewalt von Ihnen ausgegangen sei«, sagt die Gesprächsleiterin. »Das würde erklären, warum man Ihnen die Handschellen angelegt hat.«

Die Frau weint und schüttelt den Kopf. Die Handschellen seien ein großer Schock gewesen, sie habe sich bis heute nicht davon erholt. Und das Schlimmste sei gewesen, dass ihr Sohn alles gesehen habe. Seither leide er an Schlafstörungen, sie habe das schriftlich.

»Wir werden mit Ihrem Mann reden müssen. Und mit Ihrem Sohn. Erst danach werden wir entscheiden, ob wir Ihnen das alleinige Sorgerecht zusprechen können«, sagt die Gesprächsleiterin. Sie hat keine Lust mehr, sie denkt an den Vorfall in der Mittagspause oder die letzte Teamsitzung oder das seltsame Gespräch mit ihrem Vorgesetzten vorhin in dessen Büro. Sie will hier weg, und sie versucht nur halbherzig, das zu verbergen. Irgendetwas in mir regt sich, ich mache ein paar schnelle Züge auf dem Gedankenbrett und stelle mir vor, wie ich die Gesprächsleitung übernehme und der Klientin

zwei, drei Fragen stelle, die die Wahrheit offenlegen würden. Inzwischen hat die zuständige Person ihre Mappe zugeklappt und das Treffen für beendet erklärt. Die Klientin schaut ratlos zu mir, ich erlaube mir die Andeutung eines Schulterzuckens. Hier hat vieles nicht gepasst. Ich nehme mir vor, später ausreichend Zeit für den Einkauf einzuplanen. Ein paar Dissonanzen werden mir guttun.

¶

Ich schenkte Annike die niederländische Übersetzung von Juan Rulfos »Pedro Páramo«, einem meiner Lieblingsbücher. Sie fragte, worum es ging. Ich wollte nicht zu viel verraten und sagte nur, dass Pedro seinen Vater sucht und sich an einem magischen Ort wiederfindet. »Ach so, darum …«, begann sie und drückte mir einen Kuss auf die Wange.

Ihre Reaktion enttäuschte mich, aber ich redete mir ein, dass sie anders denken würde, nachdem sie das Buch gelesen hatte, und ich freute mich auf unser Gespräch darüber. Doch sie erwähnte »Pedro Páramo« nicht wieder, und ich war zu stolz, um sie darauf anzusprechen. Ich fragte mich, ob vielleicht die Übersetzung nicht gut war oder ob Annike aus anderen Gründen keinen Zugang zu Rulfos magischer Welt gefunden hat. Dass sie das Buch vielleicht einfach nicht mochte, fiel mir als Erklärung nicht ein.

¶

Die F-Box füllte sich schnell, wir fanden immer wieder Dinge, für die es keinen Platz in unserem Leben gab. Mal war es eine Kleinigkeit, etwa ein unpassendes Ladekabel für den CD-Player oder ein Legostein, der aus unerklärlichen Gründen auf der Erde im Blumentopf lag. Annike fand in einem Koffer, den ihr Vater ihr überlassen hatte, eine alte DDR-Straßenkarte. Wir legten sie in die Box und beschlossen, dass die Karte dortbleiben müsse, bis wir von irgendwoher ein Päckchen Karo-Zigaretten, eine Tube Putzi-Zahnpasta oder sonst etwas aus der ehemaligen DDR beschafften. Sobald wir etwas davon zur Karte legten, würden die beiden Dinge durch die gegenseitige Einwirkung ihren Forastero-Status verlieren.

Ich schlug vor, ein Stück der berüchtigten Mauer zu ergattern, nur um die Karte aus der Einsamkeit zu befreien. Annike lachte und verdrehte die Augen. Ich lachte mit, damit sie nicht merkte, wie sehr mich die Frage beschäftigte, ob ein Forastero kein Forastero mehr war, sobald auch nur ein einziges passendes Ding auftauchte. Das müsste auch im umgekehrten Fall gelten. Wurde eine Uhr, die die Zeit nicht mehr anzeigte, damit automatisch zu einem Forastero? Oder ein Mensch, der jemand Wichtigen verloren hatte?

¶

Klaas lud Annike und mich zum Essen ein. Annike schlug die Einladung aus, sie sagte, sie sei bereits mit Freundinnen verabredet. Klaas schien das nicht weiter zu betrüben, im Gegenteil, er wirkte beinahe erleichtert und schlug vor, nach dem Essen die Köpfe zusammenzustecken und ein paar Schachprobleme zu lösen.

Er fragte mich über mein Studium aus, ich ihn über Den Haag und seine Arbeit. Später, beim Genever, fragte mich Klaas nach meiner Mutter und nach Pappie. Ich erzählte von all den Fragen, die mich seit Pappies Tod begleiteten, und auch von der Zeit, als meine Mutter und ich alleine waren und wie sich mit Alfreds Auftauchen in unserem Leben alles verändert hatte. Nach ein paar weiteren Gläsern erzählte ich ihm sogar von meinem Versuch, Alfred zu provozieren, und von den Schuldgefühlen, die seither alle meine Entscheidungen lenkten.

»Nun verstehe ich deine Fächerkombination an der Uni besser«, sagte Klaas. »Ob du aber deine Antworten findest ...«

»Bis jetzt hat das Studium vor allem viele Erwartungen geweckt. Aber noch nicht viele erfüllt«, sagte ich. »Das geht vermutlich allen so. Was funktioniert, sind akademische Diskussionen in Seminaren. Aber der Bezug zur Praxis ...«

Ich war beschwipst.

»Das darfst du von einem Unistudium nur sehr bedingt erwarten«, sagte Klaas, und ich merkte, wie dumm meine Kritik war. »Aber halte noch ein weniger länger durch. Kriminalistik ist eine spannende

Wahl, vor allem in Kombination mit der Psychologie«, fügte er hinzu. »Man kann nie wissen …«

Ich verstand nicht, was er meinte, und wollte nachhaken. Doch Klaas stand auf, verschwand auf die Toilette.

»Kannst du dich an den Prozess gegen deinen Vater erinnern?«, fragte er, als er zurückkam. Ich erzählte ihm, wie meine Mutter mich von allem fernhielt, was mit Pappie zu tun hatte. Klaas wurde nachdenklich. »Die Eltern haben keine Ahnung, was sie damit anrichten können«, sagte er. Ich wünschte mir, dass er damit das Verhalten meiner Mutter meinte. Aber ich scheute das Risiko und fragte nicht nach. Er wechselte das Thema und erzählte von seiner Arbeit im damals sehr jungen Europäischen Polizeiamt und vom neuen Informationssystem, an dessen Aufbau er mitarbeitete.

»Haben die Polizeibehörden in Europa vor der Gründung von Europol keine Informationen ausgetauscht?«, fragte ich, sehr darauf bedacht, intelligent zu klingen.

»Nun ja.« Klaas schmunzelte. »Der Dienstweg war … kurvenreich. Um beim Bild zu bleiben: Man bewegte sich eher auf Ziegenpfaden als auf Autobahnen. Aber die Abschaffung von Grenzkontrollen hat vieles in Bewegung gebracht.«

»Und der elfte September?«

»O ja, das hat das Thema Terrorismus in den Mittelpunkt gerückt«, sagte Klaas und erzählte, dass auch er danach neue Aufgaben übernommen habe. Ich hatte viele Fragen, aber ich sagte, ich wolle ihn nicht in Verlegenheit bringen, falls er nicht so viel erzählen dürfe. Er lachte. »Solange du keine dummen Fragen stellst…«

»Sind kluge Fragen nicht heikler?«, fragte ich, halb im Spaß.

»Doch«, sagte Klaas und lachte wieder. Auch sein Lachen erinnerte mich an Annike, das lenkte mich für einen Moment ab. »Aber wer kluge Fragen stellt, ist vermutlich klug genug, um mit den Antworten richtig umzugehen.«

»Das ist eine schöne Antwort«, sagte ich. »Auf dem Nachhauseweg kann ich darüber nachdenken, was sie bedeutet. Zum Glück wohne ich ja nicht gerade um die Ecke.«

Wir lachten. Klaas zeigte auf seine kleine Schachkassette, die er immer dabeihatte, und sah mich fragend an. Ich nickte.

¶

Martha rief an. Sie sagte, Alfred sei wieder draußen. Sie mache sich keine Sorgen, aber Zorro schlafe schlecht.

¶

FEYMANN

- Alle Indizien sprechen für seine Schuld.
- Wie willst du vorgehen, ten Holt?
- Ihn mit den Indizien konfrontieren.
- Das wird bei diesem Verdächtigen nicht reichen.
- Wie kann ich den Druck erhöhen?
- Indem du herausfindest, was seinem Geständnis entgegensteht.
- Ist es nicht einfach Angst?
- Angst ist selten einfach.
- Wie soll ich herausfinden, wovor er Angst hat?
- Indem du ihm auch Fragen stellst, die nicht tatrelevant sind.
- Um ihn in Sicherheit zu wiegen?
- Um eine Vergleichsgröße zu erarbeiten.
- Wird er nicht misstrauisch?
- Das Bedürfnis nach dem Interesse anderer ist zu groß.
- Das ist listig.
- Und nützlich, ten Holt. Der eine hat Angst vor dem Verlust seines gesellschaftlichen Status oder vor der Ausgrenzung. Der andere hat das Bedürfnis nach Macht und fürchtet deren Verlust. Der Dritte …
- … fürchtet die Scham.
- Richtig. Sobald du erkannt hast, warum er das Geständnis verweigert, kannst du gezielt dagegen vorgehen.

¶

In den Frühlingsferien reiste ich nach Zürich. Annike kam bis Düsseldorf mit, sie wollte dort eine Ausstellung besuchen, dann mit einer Freundin nach Hamburg weiterreisen. Ich spielte den Enttäuschten, aber eigentlich war ich erleichtert. Annike ging es wohl ähnlich, ich hoffte nur, dass ich besser schauspielern konnte.

Meine Mutter erzählte von ihrer Arbeit in der Gärtnerei, von Kunden, die unglaublich wenig Ahnung von Blumen hätten, und von einem Schwedischkurs, für den sie sich demnächst einschreiben würde. »Habe ich dir erzählt, dass ich immer schon Schwedisch lernen wollte?«, fragte sie und wartete meine Antwort nicht ab. »Ach, übrigens, weißt du, wer mir geschrieben hat? Mina Dinkel. Du erinnerst dich doch, unsere ehemalige Nachbarin. Stell dir vor: Fredi studiert Medizin. In Paris. Du solltest dich mal bei ihm melden, ihr wart doch Freunde.«

Sie fragte nicht, wie es mir ging. Ich war sicher, dass sie nicht einmal wusste, was ich studierte, vielleicht nicht einmal, wo.

Am Abend wollte ich sie mit einem Stamppot überraschen, wie wir ihn manchmal in unserer WG zubereiteten. Aber meine Mutter sagte, sie sei müde und möchte alleine sein.

Ich verbrachte viel Zeit mit Martha. Wir vermieden es, über Alfred zu sprechen. Der Gedanke, dass er frei herumlief, war unangenehm.

¶

Zurück in Amsterdam fand ich »Pedro Páramo« in der F-Box.

Ich habe seither oft darüber nachgedacht, was mir lieber gewesen wäre: Dass Annike es gelesen oder ungeöffnet in die Box gelegt hatte?

¶

Der Beamte hat eine auffällige Krawatte. Während wir auf den Rechtsvertreter warten, zieht er immer wieder am Knoten, er möchte ihn offensichtlich lockern. Ohne Erfolg. Wer immer diesen Knoten gebunden hat, hasst entweder Krawatten oder den Beamten. Hoffentlich war es nicht er selbst, das wäre die bei Weitem schlimmste Variante.

Der Befragte hat die Hände ineinander verschränkt und den Blick an einem Punkt auf der Tischplatte festgemacht. Er atmet immer wieder durch, wie ein Turmspringer vor dem Sprung. Geht er noch einmal in Gedanken seine Geschichte durch? Oder fühlt er sich unwohl und kämpft gegen die Übelkeit? Ich tippe auf das Erstere, denn er schwitzt nicht, er lässt den Kopf nicht hängen, seine Beine sind vollkommen ruhig, er sieht sich nicht nach einem Taschentuch um. Ich tausche einen Blick mit der Protokollführerin, sie verzieht leicht den Mund und zuckt mit den Schultern, ich nehme an, dass sie so die Verspätung des Rechtsvertreters kommentiert. Die Tür geht auf, ein junger Mann mit schütterem blonden

Haar nickt in alle Richtungen, entschuldigt sich flüsternd, zieht ein paar Blätter aus seiner zerbeulten Ledertasche und sinkt auf den Stuhl. Der Beamte zieht am Krawattenknoten und stellt die Anwesenden vor.

»Der Dolmetscher ist verpflichtet, neutral zu übersetzen, und hat keinen Einfluss auf den Entscheid«, sagt er. Ich übersetze, der Befragte sieht mich irritiert an, als verstünde er diese Information nicht oder als fände er sie nicht glaubwürdig. Wäre es ihm lieber, wenn ich nicht neutral sein müsste? Wenn ja: Soll ich mich darüber freuen?

»Sie sind verpflichtet, vollständige und wahrheitsgetreue Angaben zu machen. Wir sind verpflichtet, diese Informationen vertraulich zu behandeln.« Ich übersetze, der Beamte zieht erneut am Krawattenknoten und fährt fort: »Wir werden Ihre Aussagen nicht an die Behörden Ihres Heimatlandes weitergeben, Sie dürfen frei reden. Die Befragung wird aus zwei Teilen bestehen: Im ersten Teil werde ich Sie nach Ihren Lebensumständen in Ihrem Heimatland befragen. Im zweiten können Sie uns die Gründe für Ihre Flucht erläutern. Haben Sie das verstanden?« Der Befragte nickt, aber es ist offensichtlich, dass er dem Befrager nicht vertraut. Dieser merkt es nicht und legt los: »Was für Schulen haben Sie besucht?«

»Haben Sie einen Beruf erlernt?«

»Haben Sie Familie in Ihrem Heimatland? Stehen Sie in Kontakt mit ihr?«

»Haben Sie Familie hier? Warum?«

»Sind Sie verheiratet? Seit wann?«

»Waren Sie oft im Ausland? Warum nicht?«

»Wie sieht Ihre finanzielle Situation aus?«

»Wie haben Sie Ihre Reise hierher bezahlt?«

Die Befragung zieht sich hin, die Pausen für die Übersetzung werden immer kürzer, der Befragte macht immer mehr Fehler, die vermutlich unentdeckt bleiben werden. Ich überlege, auch das nicht zum ersten Mal, wie ich diese Fragen beantwortet hätte. Der zweite Teil der Befragung wäre mir leichter gefallen. Ich hätte erzählt, was zusammenpasst. Die Dissonanzen hätte ich vorher in eine vorgestellte Schachtel gelegt, inzwischen kenne ich das eine oder andere perfekte Versteck.

¶

Ich stelle mir vor, wie sie in der Monotonie ihrer Rolle als Modell den Maler beobachtet, während er nach der richtigen Farbmischung und dem passenden Pinsel sucht. Er tritt immer wieder einen Schritt von seiner Staffelei zurück, stellt den Kopf schräg, presst die Lippen aufeinander, schüttelt den Kopf, atmet durch, kommt wieder näher, verengt die Augen, nickt, lächelt, als er die Lösung findet. Vielleicht tritt er energisch ganz nah an die Leinwand heran, prüft die Schlaufe am soeben gemalten linken Ärmel oder den Lichtreflex in den Augen, die jede seiner Bewegungen mit der gleichen Aufmerksam-

keit verfolgen, die auch er an den Tag legt. Denkt er daran, dass er nicht nur sein Modell malt, sondern auch sich selbst? Mir scheint, dass zumindest sie das weiß. Sie sieht ihren Maler an und sieht durch ihn hindurch, gelassen und mit einer Wehmut, in der ich meine eigene erkenne.

¶

An einem Morgen Anfang Oktober, wir saßen in der kleinen WG-Küche und sahen uns über unsere Kaffeetassen an, teilte ich Annike mit, dass ich ausziehen würde.

»Weißt du überhaupt, wie seltsam du bist?«, sagte sie, stand auf und griff sich ihre Schultertasche. Im Türrahmen drehte sie sich um, kam zurück, umarmte mich und ging. Ich trank meinen Kaffee zu Ende, dann begann ich zu packen.

¶

Bis zum Semesterende durfte ich in einer ziemlich heruntergekommenen WG wohnen, die mir ein Bekannter von der Uni vermittelt hatte. Das Zimmer war klein und dunkel, die Warmwasserleitung funktionierte nur alle paar Tage, meine Mitbewohner wechselten dauernd, nachts war es laut, tagsüber leer. Trotzdem bemühte ich mich nicht, eine andere Bleibe zu finden, denn ich hatte beschlossen, so bald wie möglich in die Schweiz zurückzukehren und meinen Masterabschluss in Zürich und Lausanne zu machen. Ich rief Martha an, sie freute sich über die Nachricht und sagte, dass Zorro vor Begeisterung einen Flamenco aufs Parkett gelegt habe. Meine Mutter freute sich vielleicht auch, allerdings war das ihrer Stimme am Telefon nicht anzumerken. Sie sagte, ich dürfe vorerst zu Hause wohnen, später würde man dann sehen.

Ich wollte mich von Klaas verabschieden und rief ihn an seinem Arbeitsplatz an. Er war enttäuscht und sagte, ich solle mir das mit der Rückkehr noch einmal überlegen. Mein Entschluss sei definitiv, sagte ich und wollte ihm die Gründe erklären. Doch er fiel mir ins Wort und fragte, ob ich am Tag darauf nach Den Haag kommen könnte. »Wir sollten reden«, fügte er hinzu. Im ersten Moment dachte ich, dass er mich umstimmen wollte. Aber ich mochte Klaas und wollte nicht am Telefon mit ihm streiten. Also sagte ich zu.

Ich nahm den Morgenzug, die Reise dauerte nur etwas mehr als eine Stunde, und ich fragte mich, ob die Prüfungen und die Arbeit die einzigen Gründe waren, warum Annike und ich nicht öfter nach Den Haag gefahren waren.

Als ich am vereinbarten Ort eintraf, einem Café am Plaats, war Klaas bereits da. Er umarmte mich herzlich. Auf dem Tisch lag eine aufgeschlagene Zeitung, ich sah, dass er gerade über einem Schachproblem gesessen hatte. »Eine knifflige Sache«, sagte er. »Schade, dass wir zwei gerade so wenig Zeit haben.«

Ich war überrascht, denn ich hatte erwartet, dass er sich etwas Zeit für mich nehmen würde. »Musst du gleich wieder los?«, fragte ich.

»Nein, nein«, sagte Klaas. »Aber wir sollten die Zeit nicht auf Schachprobleme verwenden. Erzähl mal, was ist denn passiert?« Ich fasste alles zusammen, so gut es ging. Seltsamerweise hatte ich den Eindruck, dass Klaas nicht bei der Sache war.

»Ich verstehe deinen Entschluss, auch wenn ich ihn natürlich bedauere«, sagte er. »Schade, das mit Annike.«

»Es hat nicht mehr gepasst«, sagte ich und hörte sofort, wie abgedroschen das klang. Doch Klaas überraschte mich: »Genau. Ich hatte von Anfang an so ein Gefühl …«

Ich sah vermutlich verwirrt aus, denn er lächelte und fuhr fort: »Dich treiben ganz andere Fragen an als Annike. Sie fühlt sich von dir vermutlich genauso wenig verstanden wie du dich von ihr. Und was erschwerend dazukommt: Ich glaube, ihr habt euch nicht einmal viel Mühe gegeben, einander zu verstehen.«

Ich war verblüfft und wusste nichts zu erwidern. Ich hatte mit Klaas nie über meine Beziehung mit Annike gesprochen, und nun fragte ich mich, wo er solche Analysen herhatte. Hatte Annike mit ihm über uns gesprochen? Das kam mir sehr unwahrscheinlich vor, die beiden Geschwister standen einander nicht nahe genug.

»Vielleicht hältst du mich nun für herzlos«, versuchte es Klaas von Neuem. »Ich wollte damit noch zuwarten. Aber da du nun bald weg bist … «

Mir fiel wieder einmal auf, wie oft Klaas »nun« sagte. Ich kannte ihn nicht lange, aber ich wusste bereits, dass dies ein Zeichen für Nervosität war, zum Beispiel, wenn es beim Schach nicht gut lief.

»Nun ja … es gibt andere Möglichkeiten, nachdem du deinen Abschluss gemacht hast«, sagte er.

»Was für Möglichkeiten?« Das Gespräch wurde immer merkwürdiger.

Klaas zögerte. Dann gab er sich einen Ruck. »Es geht um deine berufliche Zukunft. Und um die Frage, wie man deine Fähigkeiten am besten einsetzen könnte.«

»Was für Fähigkeiten?«, fragte ich und schwankte zwischen Irritation und Neugier.

»Nun ja, du bist schlau. Du denkst in Zusammenhängen, und zwar solchen, auf die man nicht als Erstes kommen würde. Du interessierst dich für Hintergründe und für Verborgenes.«

»Verborgenes?«

»Nun ja, die Wahrheit, zum Beispiel. Dein Thema. Und meistens ist sie verborgen, nicht wahr? Aber eigentlich möchte ich nicht mehr verraten, sondern dich jemandem vorstellen. Er wird gleich hier sein.«

»Wer wird gleich hier sein?«

»Jemand, den du kennenlernen solltest.« Klaas lehnte sich zurück. »Vertrau mir.«

Ärger stieg in mir auf, ich suchte noch nach der richtigen Antwort, etwas Deutlichem, aber nicht Unhöflichem. Da trat ein Mann an unseren Tisch. Er war groß, dünn, hatte kurze Haare und trug eine Brille mit runden Gläsern. Wir standen auf. Klaas begrüßte ihn: »Schön, dass du es einrichten konntest. Das ist Felipe ten Holt, ich habe dir von ihm erzählt.«

Der Fremde gab mir die Hand. »Jakob Feymann«, sagte er. »Sehr erfreut.«

¶

Ich fuhr nach Zürich und quartierte mich in meinem alten Zimmer ein. Meine Mutter wollte nicht wissen, warum ich meinen Master in der Schweiz machen wollte und warum ich ohne Annike zurückgekommen war. Ich hatte es nicht anders erwartet und darum keine Ausflüchte vorbereitet. Martha war skeptischer, sie nahm mir nicht ab, dass ich ohne tiefere Gründe auf einen Studienabschluss in Amsterdam und die Vorteile des niederländischen Stipendiums verzichtet hätte. Ich schob die Trennung von Annike vor und sagte, dass ich mir außerdem zunehmend Sorgen um meine Mutter machte. Sie ging auf die fünfzig zu, ihr Zustand verschlechterte sich zwar langsam, aber stetig. Inzwischen erhielt sie finanzielle Unterstützung von der Invalidenversicherung und arbeitete nur noch in Teilzeit in der Gärtnerei.

»Ich möchte nach dem Master in Psychologie in Zürich Kriminalistik in Lausanne nachholen«, erzählte ich. »Kompliziert, aber nicht unmöglich.«

»Wenn du das sagst.« Martha war nicht überzeugt.

»Ich habe Aussicht auf interessante Praktika und sogar einen Job im Ausland.«

Ich hoffte, dass Martha keine Zwischentöne hörte. Zu meiner Erleichterung bohrte sie nicht weiter. Sie sagte, sie freue sich, dass ich erst mal da sei, was auch immer ich eigentlich vorhätte. Allerdings würde Zorro, der alte Miesepeter, sich Sorgen machen.

¶

FEYMANN

- **Der Beschuldigte wird versuchen, seine Tat zu rechtfertigen.**
- **Wie willst du vorgehen, ten Holt?**
- **Ihn mit Beweisen konfrontieren?**
- **Die reichen noch nicht aus.**
- **Was ist die Alternative?**
- **Mach es ihm einfacher, über seine Tat zu reden.**
- **Indem ich wenige Fragen stelle und ihn erzählen lasse.**
- **Indem du seine Tat als gegeben hinstellst, sie aber zugleich rationalisierst.**
- **Wird er darauf hereinfallen?**
- **Du lässt ihn das Gesicht wahren.**

- **Wenn das nicht reicht?**
- **Projiziere. Erzähle ihm, wie ihm die anderen übel mitgespielt haben. Bagatellisiere. Was er getan habe, wäre unter anderen Umständen kaum ein schlimmes Verbrechen.**
- **Das ist manipulativ.**
- **Das ist nützlich, ten Holt.**
- **Ich lüge ihn an.**
- **Du sagst nur, was er gerne hört.**
- **Um ihn einzuwickeln.**
- **Um sein Vertrauen zu gewinnen.**
- **Durch List?**
- **Durch Geschick. Du zwingst ihn nicht zur Wahrheit. Du hältst ihm bloß die Tür auf.**

¶

Wir waren acht Leute im Lehrgang, davon sechs Männer. Feymann wusste vielleicht über meine Fragen im Zusammenhang mit Pappie Bescheid, aber er sprach mich nie darauf an. Jahre später ging mir auf, wie naiv es war zu glauben, Feymann habe nicht geahnt, dass ich das Training und auch die Arbeit beim Dienst mit persönlichem Interesse verband.

¶

Ich schrieb an meiner Masterarbeit, pendelte zwischen Zürich, Bern und Lausanne, las Fachliteratur, lernte, beobachtete und spielte erfolglos Fernschach mit Klaas. Meine Briefe an Pappie wurden in dieser

Zeit anders, knapper, präziser. Ich erzählte weniger, dafür stellte ich mehr Fragen, auf die ich im nächsten Brief zurückkommen wollte. Es fielen mir aber selten Antworten ein, die zu den Fragen gepasst hätten. Es war, als wäre ich mein eigener Vernehmer und würde von meinem Recht auf Schweigen Gebrauch machen.

Es kam vor, allerdings sehr selten, dass meine Mutter und ich zusammen fernsahen und dass sie dabei strickte. Ich fragte, ob sie nicht irgendwann die Maschen zählen müsste. Sie lächelte verschmitzt und tat so, als wäre sie abgelenkt. Ich erzählte ihr, was sie im Film verpasst hatte und erfand absurde Wendungen. Sie lachte und griff nach der Box mit den Taschentüchern. Ich hoffte jedes Mal, dass es bei den Lachtränen bleiben würde.

¶

Im Frühsommer bekam ich mein Diplom. Meine Mutter kam nicht mit zur Diplomverleihung, sie sagte, sie sei müde, und schloss sich in ihr Zimmer ein. Ich feierte mit Martha und Klaas, der extra aus Den Haag angereist war. Am folgenden Morgen traf ich ihn zum Frühstück in seinem Hotel. Er sagte, Feymann halte große Stücke auf mich.

»Davon merke ich nicht viel«, sagte ich und versuchte, nicht allzu ernst zu klingen.

»Das trügt. Wie so vieles an ihm. Das wirst du ja inzwischen gemerkt haben.« Er lachte.

Wir wechselten das Thema, ich erkundigte mich nach Annike, Saskia und Jens. Klaas winkte ab und sagte, alle seien o.k., da gebe es nichts zu erzählen.

»Ich werde nicht schlau aus dir«, sagte ich.

Wieder lachte er. »Das wollen wir hoffen, nicht wahr? Sonst schaffst du es noch irgendwann, mich im Schach zu schlagen.«

¶

Ende des Jahres schickte Feymann mich nach Bosnien. Ich machte mich auf einen kühlen Abschied von meiner Mutter gefasst und nahm mir vor, auch das ihrer Krankheit zuzuschreiben. Aber sie weinte. »Du wirst mir fehlen, cariño«, sagte sie. Es war anstrengend, gelassen zu bleiben und ihr halbwegs heiter zu versichern, dass ich sie sehr oft anrufen und auch besuchen würde. Außerdem würde ich Bosnisch lernen, das sei ja sozusagen Serbokroatisch, und das habe auch sie mal lernen wollen. Sie lächelte traurig und sagte, ich solle als Erstes nach Schweden fahren, wenn ich ihre Sprachenliste abarbeiten wolle.

Martha fragte, ob denn der Krieg in Bosnien ganz sicher vorbei sei. Sie würde mir sonst Zorro mitgeben, der sei ein großartiger Bodyguard. Wieder einmal dachte ich, dass die vorgespielte Heiterkeit anstrengender als die echte Traurigkeit war.

Die bosnische Sprache kam mir zunächst schwer zugänglich vor. Aber ich lernte sehr diszipliniert, las Kinderbücher und Broschüren, später Zeitungen und Zeitschriften, ich sah fern und belauschte die Menschen in Kneipen und Straßenbahnen. Nach einer Weile bekam ich das Gefühl für die Besonderheiten der Grammatik und der Aussprache und merkte, dass vieles sich sehr schön ineinanderfügte. Als Feymann sah, wie ich mit einem Einheimischen Schach spielte und die Züge auf Bosnisch kommentierte, sagte er »Gute Arbeit« und nickte anerkennend. Ich wusste, dass sich das nicht auf mein Spiel beziehen konnte, mein Turm war schon weg, meine Dame war nicht mehr zu halten.

Nach einem halben Jahr war mein Bosnisch gut genug, ich konnte selbständig arbeiten.

¶

Der Patient ist wütend, er will nicht mit mir reden, sagt, ich würde nicht seine Muttersprache sprechen. Er wedelt mit der Hand in meine Richtung, als würde er hastig ein paar scharfkantige Wörter zusammenfegen, um sie mir ins Gesicht zu schleudern. »Ich … ich will diese verfluchte Sprache nicht hören! Ich hasse … ich werde nicht … der Mann soll«, brüllt er die Ärztin an und zeigt auf mich, »… er soll verschwinden!«

Die Ärztin steht auf, ihr Stuhl rutscht geräuschvoll über den Boden, sie hebt hilflos die Hände, sieht zu mir herüber, stolpert zwei Schritte zurück, stößt gegen das Fensterbrett, hält sich daran fest. Ich bin über ihre Reaktion erstaunt, das dürfte nicht das

erste Mal sein, dass ein Patient in einer solchen Situation die Kontrolle verliert. Aber dann stehe auch ich auf und stelle mich vor den Patienten, schaue ihn direkt an, während ich der Ärztin über die Schulter versichere, dass sie keine Angst haben müsse, es sei o.k., alles sei o.k. Dann wechsle ich in die Sprache des Patienten und sage ihm, dass er sich beruhigen solle, niemand sei gegen ihn, die Ärztin wolle ihm helfen, er solle die Gelegenheit nutzen und die Hilfe annehmen. So eine Gelegenheit, sage ich ruhig und leise, komme so bald nicht wieder, er solle sich in seiner Sprache helfen lassen.

»Deine Sprache ist nicht meine Sprache«, brüllt er, allerdings mit etwas weniger Überzeugung. Ich überschreite meine Befugnisse noch ein wenig weiter und wiederhole, dass es keinen Grund für Aufregung gebe, dass die Ärztin ihm nur helfen möchte. Er will etwas sagen, weist mit dem Zeigefinger auf mein Gesicht, seine Unterlippe zittert, doch dann, auch zu seiner eigenen Überraschung, fällt alles von ihm ab, er lässt die Schultern hängen, steht schwer atmend da, schluchzt auf. Ich mache einen Schritt auf ihn zu, sage etwas leiser, alles sei o.k., er solle sich setzen und beruhigen. Er gehorcht.

Doch da schnellt die Ärztin vor, zieht hastig eine Schublade auf, greift nach den Papieren auf dem Tisch, wirft sie hinein, erklärt mit zittriger Stimme und indem sie jedes Wort betont, die Untersuchung sei beendet. Sie schaut mich an, zeigt auf den

Patienten und sagt, er müsse gehen. Ich zucke die Schultern, übersetze, weise mit dem Kinn zur Tür. Er macht den Mund auf und zu, grummelt einen Fluch, ballt die Fäuste, dann packt er seine Jacke und stürmt grußlos aus dem Zimmer.

Ich drehe mich zur Ärztin um. Sie streicht sich eine Haarsträhne hinters Ohr, öffnet das Fenster, atmet tief durch.

Wir setzen uns, ich nenne ein paar eher lustige Beispiele dafür, wie geringfügig die Unterschiede zwischen den beiden Dialekten sind, die den Mann so erzürnt haben. Die Ärztin lächelt dankbar, kaum für die Erklärung, die ist unwichtig. Schließlich schiebe ich mein Telefon über den Tisch, sie quittiert auf dem kleinen Bildschirm, dass ich da gewesen bin. Ihr Händedruck ist fest, sie hat sich wieder im Griff.

Der Gang ist leer, die Frau am Empfang sieht mir nach, die Glastür ist ein Spiegel. Ich freue mich über die geschenkte Stunde. Die werde ich für einen Spaziergang am Fluss nutzen. Mona Lisas Schwester besuche ich ein andermal.

¶

In den folgenden Jahren arbeitete ich in Belgrad, Tel Aviv, Istanbul, Damaskus, London und Beirut. In Beirut blieb ich allerdings nur vier Monate, leider, denn die Stadt gefiel mir sehr gut. Ich lernte interessante Menschen kennen, unter ihnen Kollegen und die eine oder andere Kollegin. Manche verfügten über solide, andere über eher schludrig zusammengekleisterte Legenden. Feymann erklärte mir auf seine knappe Art, wer für welchen Dienst tätig war und wer wen in wessen Auftrag hinterging. Vieles passte nicht zusammen, ich verwendete viel Zeit auf die Suche nach einem Raster, das sich über die Dinge legen ließe. Nach und nach gewöhnten sich meine Augen an das schummrige Licht hinter den Kulissen. In der Folge tauschte ich ein paar Illusionen gegen andere und bessere ein.

An jedem neuen Ort suchte ich eine Verbindung zwischen der Sprache, der Politik, der Polizeiarbeit und dem Umgang mit der Wahrheit. Gelegentlich, wenn die Resultate nicht stimmten oder zu ungenau waren, warnte mich Feymann vor zu vielen Mutmaßungen. Die würden bloß den Wunsch nach Bestätigung provozieren, da könne ich genauso gut die Tageshoroskope in der Gelben Presse lesen. Aber ich glaubte, meine Sache insgesamt gut zu machen.

¶

Ich bat Feymann, mich nach Kopenhagen zu versetzen. Ich wusste nicht viel über Skandinavien, und selbst das wenige war sehr nah am Klischee. Das wollte ich ändern, und ich tauchte in die Arbeit ein. Meine Mutter hätte mich lieber in Schweden gewusst, aber ich konnte sie immerhin damit trösten, dass man in Schweden Dänisch verstand und umgekehrt.

In Dänemark verhörte ich vor allem potenzielle Gefährder aus den Reihen der Flüchtlinge, es ging darum, die Bildung von terroristischen Zellen in einem Stadium zu verhindern, in dem noch keine Spuren zurückblieben. Auch hatte ich mit verdeckten Ermittlerinnen und Ermittlern zu tun, half mit beim Aufbau von Legenden und lernte, die Wahrheit Schicht um Schicht zuzudecken, bis niemand mehr die Nähte sah.

Die Nüchternheit der dänischen Sprache und ihr konsequenter Verzicht auf Redundanzen faszinierten mich. Ich ging sogar so weit, dass mir gewisse Ähnlichkeiten zwischen Feymanns Verhörmethoden und der dänischen Grammatik auffielen: knapp, direkt, effizient, logisch. Es fiel mir schwer zu glauben, dass Feymann ausgerechnet Dänisch nicht verstand.

¶

FEYMANN

- **Wir haben doch sein Geständnis.**
- **Aber haben wir die Wahrheit, ten Holt?**
- **Warum sollte ich sein Geständnis anzweifeln?**
- **Passt das Motiv?**
- **Das Tatmotiv?**
- **Das Geständnismotiv.**
- **Ja. Er hat Gewissensbisse, empfindet Reue und wird von der Beweislast erdrückt.**

- **Die Beweggründe für ein Geständnis sind vielfältig. Du bringst sie durcheinander.**
- **Ethische, emotionale und …**
- **… opportunistische.**
- **Und wenn alle im Spiel sind?**
- **Es sind immer alle im Spiel.**
- **Warum muss ich sie auseinanderhalten?**
- **Gefühlsgeständnisse passen nicht zu rationalen Typen. Verstandesgeständnisse und opportunistische Geständnisse nicht zu emotionalen.**
- **Kann man das so deutlich voneinander abgrenzen?**
- **Nein. Aber du musst herausfinden, was überwiegt.**
- **Warum?**
- **Weil auch jedes falsche Geständnis eine Lüge ist. Je besser wir die Lüge verstehen, desto zuverlässiger finden wir die Wahrheit.**

¶

Ich hatte in Bern zu tun, es blieb mir etwas Zeit für einen Abstecher nach Zürich, um meine Mutter und Martha zu besuchen. Die Stadt kam mir wunderschön vor, es war, als hätte ich sie noch nie im Frühling gesehen.

Meine Mutter freute sich über den Besuch. Sie hatte einen Kuchen gebacken, wir setzten uns auf unseren kleinen Balkon, tranken Kaffee und plauderten so unbeschwert wie lange nicht mehr. Ich erzählte ihr, dass ich nun Hebräisch und Arabisch spreche, dass im Nahen Osten aber noch immer gestritten wird.

»Vielleicht sprichst du die beiden Sprachen nicht gut genug«, sagte sie mit jenem verschmitzten Lächeln, über das ich mich schon als Kind sehr freute.

»Sag mal, warum wolltest du an erster Stelle Schwedisch lernen?«, fragte ich sie. »Dort oben herrscht weder Krieg noch ist die schwedische Schrift so dekorativ wie die russische noch kann man auf Schwedisch so fantasievoll fluchen wie auf Ungarisch oder Serbisch. Und trotzdem ziehst du Schwedisch allen anderen Sprachen vor.«

Sie sah mich mitleidig an. »Ach, mein Junge, du hast keine Ahnung.«

»Dann klär mich auf«, sagte ich.

»Ich war noch ein Teenager, als ich ihn das erste Mal im Fernsehen sah. Und schon da nahm ich mir vor, einmal nach Wimbledon zu reisen, mich nach dem Endspiel bis an den Spielertunnel vorzudrängen und ihn um ein Autogramm zu bitten. Und wer weiß, vielleicht auch um seine Hand. Auf jeden Fall in seiner Sprache.«

»Björn Borg?«, fragte ich verdattert.

»Björn Borg«, sagte meine Mutter und strahlte.

»Alles klar«, sagte ich. »Ich kaufe dir noch heute ein Lehrbuch. Und wenn ich dich das nächste Mal besuche, spielen wir zu Übungszwecken die Szene vor dem Spielertunnel in Wimbledon durch.«

»Aber hallo!«, rief sie und legte sich noch ein Stück Kuchen auf den Teller.

Ich fuhr tatsächlich mit meinem alten Fahrrad zur Buchhandlung und kaufte das teuerste und bunteste Lehrbuch, das sie hatten. Als ich aber zurückkam, war meine Mutter in ihrem Zimmer und rief durch die geschlossene Tür, sie sei zu müde, ich solle gehen.

»Ich habe dir das Buch gekauft«, sagte ich. »Sprachkurs Schwedisch. Mit drei CDs.«

»Was für ein Sprachkurs? Was für CDs? Denkst du, dass ich für diesen Blödsinn Zeit habe?« Sie klang aufgebracht. Ich versuchte es noch einmal und sagte, sie habe doch immer Schwedisch lernen wollen. Wegen Björn Borg.

»Was für ein Berg?«, rief sie auf Deutsch. »Wer sind Sie? Lassen Sie mich in Ruhe, ich muss schlafen.«

Ich war so verblüfft, dass ich von der Tür zurücksprang.

»Ich bin es doch. Felipe. Tu tontaina«, versuchte ich es mit unserem alten Scherz.

»Wie kommen Sie bloß auf die Idee, dass ich … das ist doch … wer sind«, murmelte sie immer leiser. Schließlich verstummte sie. Ich wartete noch kurz, dann öffnete ich vorsichtig die Tür und spähte hinein. Sie lag in ihrem Bett, ihr Atem ging ruhig, sie schlief. Ich deckte sie zu und legte das Buch auf das Nachtkästchen. Auf einen Zettel schrieb ich »Flot forhånd, Björn!«, und schob ihn zur Hälfte unter den Einband. Das war zwar Dänisch, aber ich nahm an, dass es in dieser Phase auf einen kleinen Unterschied nicht ankam.

Martha wartete am Bellevue. Das Wetter war wunderbar, wir beschlossen, einen Spaziergang am See zu machen. Ich erzählte ihr, was zu Hause passiert war. »Denkst du, dass sie in ein Pflegeheim gehört?«, fragte ich. »Oder mache ich mir einfach zu viele Sorgen?«

Martha riet mir, ein gutes Pflegeheim zu suchen. »Ich bekomme das alles nur über deine Erzählungen mit«, sagte sie, »aber ich merke auch so, dass sich ihr Zustand schnell verschlechtert.«

Ich sagte, ich würde darüber nachdenken.

Wir kamen an die Stelle, an der ich vor vielen Jahren Enten gefüttert hatte. Die Bank war noch da, für den Eisverkäufer war es noch zu früh.

»Mann, hast du dich damals ungeschickt angestellt«, sagte Martha. Ich glaubte, einen Anflug von Wehmut in ihrer Stimme zu entdecken. Aber dann fügte sie hastig hinzu: »Wie du versucht hast, jenen Schwan auszutricksen. Ich hätte noch lange zusehen können.«

Mir fiel etwas ein: »Darf ich dir eine persönliche Frage stellen?«

»Nur zu«, sagte sie und blieb stehen.

»Welche Sorte hast du damals gekauft: Kokos oder Joghurt?«

»Banane, mein lieber Watson«, sagte sie und hakte sich bei mir unter. »Offenbar lagst du an jenem Tag auf der ganzen Linie falsch.«

¶

Die alte Frau, die bei unserer ersten Begegnung auf ihren Vater gewartet hat, hebt den Kopf, als wir eintreten. Ein Schatten huscht über ihr blasses Gesicht, ihre Augen verengen sich kurz, dann rutscht ihr Blick zurück auf den Tisch. Hat sie mich erkannt? Oder glaubt sie auch heute, dass sie ein kleines Mädchen im Jahre 1953 ist und ihr Papa sie gleich abholen wird?

Vorhin im Gang hat mir die Ärztin erklärt, dass sich der Zustand der Patientin seit dem letzten Gespräch »massiv« verschlechtert habe. »Bitte seien Sie sehr behutsam. Die Patientin leidet zunehmend unter Ängsten, wir erreichen sie kaum noch.«

»Wie geht es Ihnen?«, fragt die Ärztin, nachdem wir uns vorgestellt haben. Die alte Frau antwortet nicht, sie hält ihren Blick gesenkt und fährt mit dem Zeigefinger der einen Hand über den Handrücken der anderen.

»Können Sie dank dem neuen Medikament besser schlafen?«

Keine Antwort.

»Haben Sie heute schon Radio gehört? Die Musiksendung um zehn, die Sie so gerne haben?«

In diesem Moment läutet das Telefon, die Ärztin schaut auf das Display, murmelt eine Entschuldigung, steht auf und geht hinaus.

Ich beuge mich ein wenig vor und erzähle leise, dass mich mein Vater oft auf den Schultern getragen hat. »Von dort oben sah die Welt klein aus«, sage ich. »Selbst der schreckliche Schäferhund unseres Nachbarn war nur noch ein Zwergpudel.«

Die Frau hebt den Kopf und sieht mich an. »Ist dein Papa so groß?«, fragt sie.

»O ja, sehr groß. Und stark.«

»Meiner ist größer und stärker. Du wirst sehen.«

Wir sind drauf und dran, einen Streit über unsere Väter vom Zaun zu brechen, als die Ärztin zurückkommt. »Entschuldigen Sie«, sagt sie, »ich musste mich um eine dringende Angelegenheit kümmern. Bei welcher Frage waren wir?« Sie blättert in ihrem Block.

»Musiksendung.«

»Stimmt, danke.« Sie wendet sich wieder der alten Frau zu: »Haben Sie heute schon Radio gehört?«

Aber die Patientin hat wieder den Kopf gesenkt, ihr Zeigefinger zeichnet einen Schnörkel auf den Handrücken der anderen Hand, die Frage verläuft sich irgendwo auf dem Weg ins Jahr 1953.

¶

Meine Mutter starb einen Tag vor ihrem 62. Geburtstag. Ich hatte geplant, nach Zürich zu fliegen und sie am Geburtstag zu überraschen. Ihr Zustand hatte sich verschlechtert, ich hatte sie Hals über Kopf und unter schlimmen Schuldgefühlen in ein Pflegeheim einliefern müssen. Ich telefonierte wöchentlich mit ihrer Pflegerin, manchmal, wenn es die Krankheit erlaubte und die Chance bestand, dass sie mich erkennen würde, auch mit ihr selbst.

Martha kam zum Begräbnis, sie hatte einen kleinen Rucksack dabei und öffnete ihn kurz, damit ich Zorro begrüßen konnte. Klaas rief an und richtete auch Grüße von Annike und Saskia aus. Jens war zwei Jahre zuvor bei einem Fahrradunfall ums Leben gekommen, ich hatte Klaas seither nicht mehr gesehen. Wir tauschten ein paar Freundlichkeiten aus, aber von der früheren Vertrautheit war nicht viel zu spüren. Ich wollte mir nicht sofort eingestehen, dass ich sie nicht vermisste.

¶

Der Vorfall, der wieder einmal alles verändern sollte, ist einfach zu erklären, doch als Erinnerung schwer zu ertragen. Ich hatte Feymanns Warnung in den Wind geschlagen, dass Vorsicht angebracht sei, wenn sich alles zu gut ineinanderfüge. Am Mangel an Erfahrung lag es nicht, das wäre zu einfach, schließlich war ich schon seit 16 Jahren dabei gewesen, hatte unzählige Verhöre durchgeführt und dabei unzählige Dissonanzen und Harmonien durchgespielt. Möglich, dass das Gegenteil der Fall war und dass ich mich zu sicher gefühlt hatte. Aber wenn ich meine Handlungsweise so nüchtern beurteile, wie es mir dank dem zeitlichen Abstand möglich ist, sehe ich den Grund für meinen Fehler deutlich: Ich war begierig auf eine bestimmte Antwort und hatte die falschen Fragen gestellt.

Sie sprach zögerlich, schob lange Pausen dazwischen, sah mir kurz in die Augen, senkte dann den Blick und wischte mit dem Handrücken über ihr grobes, graues Kleid, als würde sie unsichtbare Fusseln wegmachen wollen. Ich wandte die RPM-Methode an, ich rationalisierte, projizierte und minimierte, wie so oft, wenn ein Verhör nicht vorankam. Feymann war nicht dabei, er war am Vortag nach Den Haag abgereist oder vielleicht nach Tel Aviv, ich weiß es nicht mehr. Ich änderte die Strategie, versuchte etwas angriffiger zu verfahren, befahl ihr, die Geschichte aus der Mitte heraus zu erzählen, fragte nach Einzelheiten, achtete auf die Hinweise, ob ihr Stresslevel über der Nullebene lag. Sie weinte leise, versuchte zunächst nicht, sich zu beherrschen, dann seufzte sie, fuhr sich mit dem Taschentuch über die Augen und sah mich direkt an, in ihrem Blick sah ich die Deckenlampe. Ich dachte an Feymanns Rat und verriet ihr, dass meine Mutter mir erzählte, Weinen sei gut, weil es die Wut verhindere, und es seien wütende Menschen, die anderen wehtun, nicht weinende. »Ihre Mutter war eine kluge Frau«, sagte sie, und ich fragte mich, warum sie davon ausging, dass meine Mutter nicht mehr lebte. Inzwischen weiß ich, dass dies ein Zeichen war, dass sie mich durchschaut hatte und um meine gespielte Vertraulichkeit wusste. Die Erwähnung der Mutter ist wirkungsvoller, wenn die Mutter tot ist, da ist die Faktenlage irrelevant. Damals fiel mir das weder ein noch auf, ich verstehe bis heute nicht, wie ich das übersehen konnte.

Nach der Pause, es war schon spät am Abend, erzählte sie von ihrem Mann. Sie sprach sehr leise, aber ich wollte nicht riskieren, dass sie wieder im Schweigen versank, und darum griff ich nicht ein.

»Er war oft gut zu mir«, sagte sie und sah mir wieder in die Augen. »Ich war manchmal nicht gut zu ihm.« Ich wollte etwas anmerken, nach einer Erklärung für »oft« fragen. Aber sie senkte den Kopf, atmete durch, wischte sich über die Augen und gab mir ein Zeichen, dass sie gleich noch etwas sagen wollte.

»Hat er es getan? Ich weiß es nicht. Wenn ja, werde ich ihm nie vergeben. Wenn nicht, werde ich mir nie vergeben, dass ich es ihm zugetraut habe.«

¶

FEYMANN

- **Wie beurteilst du den vorliegenden Fall, ten Holt?**
- **Die Verdächtige sagt die Wahrheit.**
- **Begründung?**

- Ihre Geschichte ist plausibel. Sie ist imstande, alle Detailfragen auch in umgekehrter Reihenfolge wiederzugeben. Sie bleibt, bis auf einige wenige, durchaus verständliche emotionale Ausbrüche, ruhig. Weder ihre Mimik noch ihre Gestik wiesen auf ein Stressniveau hin, das über dem Vergleichswert liegen würde …
- Du gehst zu sorglos mit der primären und der sekundären Täuschung um.
- Ich verstehe nicht.
- Vielleicht hat sie sich ihre Geschichte eingeprägt und täuscht dich auf der verbalen Ebene. Sie erzählt plausibel. Sobald Probleme auftauchen, lenkt sie dich mit Emotionen ab.
- Mein Eindruck ist ein anderer.
- Vielleicht hat sie es auf der sekundären Ebene geschafft, sich als eine glaubwürdige Kommunikatorin zu präsentieren. Sie sagt nicht nur die Wahrheit, sondern sie wirkt wie jemand, der nicht anders kann.
- Und die Emotionen? Bewegt sie sich nicht zu nahe am Kontrollverlust?
- Emotionen sind leicht zu simulieren, ten Holt.
- Falls sie lügt: Wie kann ich sie entlarven?
- Was sie sagt, ist plausibel. Verlege dich darauf, was sie nicht sagt.
- Ist das nicht ein großer Umweg?
- Doch. Aber ein lohnender. Denn falls sie sich vorbereitet hat, auf beiden Täuschungsebenen,

dann hat sie das Wesentliche eingeübt und das Nebensächliche vernachlässigt.

- **Das erfordert sehr schlaue Fragen.**
- **Im Gegenteil: Das erfordert dumme Fragen. Mit schlauen Fragen hat sie gerechnet.**
- **Ich glaube ihr.**
- **In Ordnung. Aber du sollst ihr glauben, weil sie dich überzeugt hat. Nicht, weil du ihr glauben willst.**

¶

Martha schrieb mir, dass sie bereits nächsten Monat in die Ostschweiz umziehen werde. Bei einem Auftritt mit ihrer Band habe sie einen sehr netten Mann kennengelernt, der habe ihr eine Stelle in einer schönen Buchhandlung in Chur vermittelt. Ich war nicht überrascht. Martha war oft einsam und hatte Angst, dass Alfred sie aufsuchen oder dass sie ihm zufällig begegnen könnte. Trotz ihrer Scherze über Zorros Qualitäten als Leibwächter, oder vielleicht gerade darum, ahnte ich die Wahrheit.

Ich rief sie an. »Hättest du gesagt, dass du eine Stelle suchst, hätte ich dir hier in Kopenhagen etwas verschafft«, sagte ich. »Dänisch ist nicht schwer. Buch heißt bog und Zorro wäre ein bjørn. Was willst du mehr?«

»Tja, jetzt ist es wohl zu spät«, sagte Martha und lachte. »Aber vielleicht verschlägt es ›Saitenblick‹ irgendwann nach Dänemark, dann sehen wir weiter.«

»Ich komme dich bald besuchen. Bis dahin soll Zorro auf dich aufpassen«, sagte ich und legte auf. Wir hörten nie wieder voneinander.

¶

Die Bombe explodierte an einem Samstag um 10.31. Das schöne Wetter hatte viele Menschen auf die Straße und auf den Markt gelockt, zumal sich wegen eines Musikfestivals viele Touristen in der Stadt aufhielten. In den Nachrichten hieß es, die Selbstmordattentäterin sei die Frau des berüchtigten Terroristen gewesen, der nur drei Wochen zuvor bei einem Schusswechsel in Brüssel getötet worden sei. Die Medien stellten die Frage, warum man die Frau freigelassen habe und wer denn nun für das tragische Versäumnis geradestehen müsste. Der Polizeichef wand sich und redete sich auf laufende Ermittlungen aus.

Feymann versuchte mich zu erreichen, aber ich drückte seinen Anruf weg.

¶

Die Frau hat geweint, und auch jetzt, im Warteraum, versucht sie mit wenig Erfolg, gefasst zu wirken. Ich grüße sie knapp, wir kennen uns, vermutlich denkt sie inzwischen, dass ich bei dieser Behörde arbeite. Sie steht auf, stellt sich ans Fenster und sieht auf den Parkplatz hinunter. Ich greife nach der Gratiszeitung auf dem Tisch, ohne den Ehrgeiz, Interesse zu

mimen. Der Mann, ich nenne ihn seit unserer ersten Begegnung den falschen Rechtshänder, liefert sich auch heute ein Wortgefecht mit der Frau am Empfang, ich verstehe nicht, worum es geht, aber das interessiert mich noch weniger als die Zeitung. Als er den Warteraum betritt, dreht sich die Frau nicht um, nur ihre Schultern rutschen ein paar Zentimeter nach oben. Der Mann setzt sich, holt umständlich sein Telefon aus der linken Jackentasche und beginnt darauf herumzutippen. Sein Trick funktioniert kein bisschen besser als beim ersten Mal, er hat sich genauso wenig im Griff wie seine Frau. Ich habe keine Lust auf das, was folgen wird, und bereue es, den Folgeauftrag angenommen zu haben.

Plötzlich dreht sich die Frau um und geht ein paar Schritte auf den Mann zu. Er bleibt sitzen, sie schaut auf ihn hinab und stemmt die Hände in die Hüften.

»Warum tust du das?«

»Was tue ich?«, fragt der Mann erstaunlich ruhig und leise. Er macht Anstalten aufzustehen, doch dann überlegt er es sich anders und lehnt sich etwas weiter zurück.

»Warum machst du es mir so schwer? Und Asim?« Sie macht einen halben Schritt auf den Mann zu und beugt sich ein wenig zu ihm hinunter. Nun will er doch noch aufstehen, aber er findet keine Bewegung, die einen Zusammenstoß verhindern würde. Sein Zappeln wirkt lächerlich, das wird auch ihm klar, und er versucht sich in die übertriebene Gelassenheit zu flüchten, schaut wieder auf sein Telefon und tut so, als würde er eine Nummer eingeben. Er hält das Telefon ans Ohr und wartet, aber ich sehe, dass er niemanden angerufen hat, alle Apps leuchten auf. Ob es die Frau auch bemerkt hat? Vielleicht weiß sie es auch so, vielleicht hat er das schon oft getan.

Endlich erscheint die Behördenvertreterin und erlöst ihn. Wir folgen ihr ins Besprechungszimmer, sie macht eine vage Geste zu den Stühlen hin und überlässt die Entscheidung über die Sitzordnung uns. Ich setze mich an die Stirnseite des Tisches, die Eheleute sind gezwungen, nebeneinander zu sitzen. Der Mann wirkt eingeschüchtert, die Szene vorhin im Warteraum hat ihn verunsichert. Die Frau zieht sich wieder zurück, sie will vor der Behördenvertreterin nicht allzu forsch auftreten, die Rolle, die sie sonst gespielt hat, hält sie für zweckmäßiger.

Es kommt immer wieder vor, dass ich versucht bin einzugreifen. Heute gebe ich, warum auch immer, diesem Drang nach. Ich will die Stimmung manipulieren, die Rollen neu schreiben. So verknappe ich die Fragen der Gesprächsleiterin, verwende Verben statt Substantive, Namen statt Pronomen. Die Gesprächsleiterin merkt nichts, sie ist froh um das höhere Tempo, ansonsten bleibt sie in ihre Papiere vertieft, und wenn sie kurz aufschaut und die Fingerspitzen aneinanderlegt, um die nächste Frage zu stellen, warte ich nicht ab, bis sie alles gesagt hat, sondern übersetze simultan, leise, unter der Stimme, die Eheleute sind verunsichert und wissen nicht, wen sie ansehen sollen. Aus »Was sind Ihre Wünsche an uns?«, wird »Was wollen Sie von dieser Behörde?«, aus »Ist eine Einigung möglich, oder ziehen Sie eine Entscheidung unsererseits vor?«, wird »Können Sie sich einigen, oder sollen wir entscheiden?« Der Mann sieht zur Frau hin, als suchte er ihre Unterstützung, sie öffnet den Mund, als möchte sie etwas sagen, aber dann schüttelt sie nur den Kopf und greift nach der Taschentuchbox. Ich kämpfe mein schlechtes Gewissen mit allem nieder, was mir dazu zur Verfügung steht. Unter anderem stelle ich mir Asim vor und rede mir ein, dass auch er etwas gegen dieses verlogene Spiel hätte, das seine Eltern für heute vorbereitet haben. Beinahe kann ich Asim sehen, wie er mir in meinem alten Kinderzimmer gegenübersitzt, auch er mit Kopfhörern über den Ohren, und auch seine sind nicht eingestöpselt.

»Bevor wir die endgültige Entscheidung treffen, müssen wir auch Asim anhören«, sagt die Gesprächsleiterin.

»Bevor wir entscheiden, werden wir Asim befragen«, sage ich und sehe die beiden abwechselnd an. Der Mann wird rot, die Frau bedeckt das Gesicht mit beiden Händen. Ich fixiere die Gesprächsleiterin, hoffe, dass sie noch etwas sagen wird, etwas Rundes, was ich scharfkantig schleifen kann, mein Hass ist nicht gestillt.

»Ich glaube nicht, dass strengere Maßnahmen notwendig sind«, sagt sie und legt die Fingerspitzen aneinander. »Letztlich tragen Sie als Eltern die Verantwortung. Sie müssen uns nur zeigen, dass Sie dazu bereit sind.«

»Möglicherweise werden wir nicht zum Äußersten greifen, es sei denn, Sie nehmen Ihre Verantwortung nicht wahr«, sage ich und ziehe die Augenbrauen hoch.

Mein schlechtes Gewissen erstarkt, ich will hier weg und ins Kunsthaus, solange Asim noch bei mir ist. Zum Glück klappt die Gesprächsleiterin ihre Mappe zu und steht auf.

¶

Ich weiß bereits auf dem Weg, dass dies der Abschied ist. Die Aufsichtsperson nickt mir zu und lächelt, sie hat meine Schrulligkeit endlich akzeptiert. Oder bilde ich mir nur ein, dass man meine Freundin und mich heute alleine lässt, damit wir uns verabschieden können? Sieht die Aufsichtsperson mir an, dass dies das letzte Mal ist? Mona Lisas Schwester fängt mich schon an der Tür mit ihrem Blick ein, er kommt mir heute beinahe heiter vor, das verblüfft mich, und ich suche in ihrem Gesicht Anzeichen dafür, dass dieser Abend auch für sie ein besonderer ist.

Was würde sie nun sagen, wenn der Maler ihr die Gabe der Rede mitgegeben hätte? Würde sie mir etwas erzählen, oder würde sie hören wollen, warum ich sie nicht mehr besuchen werde? Ich werde es nie erfahren. So lächle ich ihr ein letztes Mal zu, danke ihr für das Geheimnis, das wir immer wieder geteilt haben, wende mich ab und gehe.

Die Aufsichtsperson ist nirgendwo zu sehen.

Regelmäßig erscheint ein Video mit einem rund zehnminütigen Gespräch mit unseren Autor:innen. Wir sprechen mit ihnen über die Themen ihrer Bücher: sachlich, aufschlussreich, auf den Punkt gebracht.

Im Gespräch zum Buch »Die Wahrheit, vielleicht« mit der Verlegerin Anne Rüffer erläutert der Autor Karl Rühmann, wie er die obsessive Suche nach Wahrheit seines Protagonisten Felipe ten Holt literarisch inszeniert.

Scannen Sie den QR-Code mit Ihrem Smartphone oder Tablet ein und lassen Sie sich von unseren Videos begeistern.

www.ruefferundrub.ch/video

Weitere Bücher von Karl Rühmann

Karl Rühmann

Der Held
Roman

Hardcover | 264 Seiten
ISBN 978-3-906304-42-7

Aus der Laudatio zum Schweizer Buchpreis von Jury-Mitglied Tommy Egger (Buchhändler, Buchhandlung »Im Volkshaus«): **»[…] bis zur letzten Zeile spannenden Buch […] ›Der Held‹ ist ein hochpolitischer Roman, der mit kriminalistischen Anklängen, einem veritablen ›Showdown‹ und ohne falsche Moral die Graubereiche von kollektiver und individueller Schuld respektive Unschuld verhandelt. […] ›Der Held‹ erinnert uns daran, dass der Krieg alle Beteiligten verschlingt und nur Verlierer zurücklässt. Ich wünsche mir, dass ›Der Held‹ viele Leser und Leserinnen findet, vor allem an den Schweizer Gymnasien und Sekundarschulen.«**

NOMINIERT FÜR DEN SCHWEIZER BUCHPREIS 2020

»Freunde? Ich weiß nicht. Vielleicht sind wir so wenig Freunde, wie wir früher Feinde waren.« – Der General

Zwei hohe Offiziere, die einst in derselben Armee gedient, im Krieg aber auf verschiedenen Seiten gekämpft hatten, werden als Kriegsverbrecher angeklagt und an das Internationale Tribunal in Den Haag ausgeliefert. Dort freunden sie sich an, da sie vieles verbindet: die Vergangenheit, die Sprache, das Alter, nicht zuletzt die drohende Strafe.

Nach fünf Jahren Untersuchungshaft wird der General der siegreichen Partei freigesprochen, der Oberst zu einer langjährigen Strafe verurteilt. Der General kehrt als Held in die Heimat zurück, doch das Schicksal wendet sich, als Ana, die Witwe eines ihm ergebenen Soldaten, herausfindet, dass der »Held« an einem Massaker schuld sein soll.

Karl Rühmann

Glasmurmeln,
ziegelrot
Roman

Hardcover | 168 Seiten
ISBN 978-3-906304-42-7

»Was ist fremder, unerklärlicher und beängstigender als die fernste Exotik? Die eigene Kindheit. Noch selten ein ungewöhnlicheres Buch gelesen. Nein – verschlungen!«
Margrit Sprecher, Journalistin, Autorin

»Eine Geschichte, die einem ans Herz und nicht mehr aus dem Kopf geht.«
Charles Lewinsky, Schriftsteller

»Vielleicht hätten wir das Kind doch nicht retten sollen. Vielleicht hätten wir es und diese Spionin einfach ausliefern sollen. Unsere ostdeutschen Freunde wären uns sehr dankbar gewesen«, sagte er und versuchte mit dem Blick den Rauch einzufangen, der zur Decke hinaufschlich. »Aber vielleicht können wir unseren Fehler noch korrigieren.«

Das Kind wächst während des Kalten Krieges in einem osteuropäischen Land auf, als Fremdes von seinen Mitschülern gehänselt und von der Staatsmacht schikaniert. Es gibt vieles, was das Kind nicht verstehen kann und auch nicht verstehen soll. Um damit fertigzuwerden, zieht es sich in seine Sprache zurück, die nur es selbst und die Mutter einschließt. Es verwandelt alles in Geschichten und schafft so aus Bedrohlichem Interessantes, aus Ungewissem Vertrautes.

Weitere Bücher aus dem Verlagsprogramm

Dagmar Schifferli

Wegen Wersai
Roman

Hardcover | 188 Seiten
ISBN 978-3-906304-38-0

Mitte der 1960er-Jahre, ein gutbürgerliches Milieu in der Schweiz, zu dem Ausflüge mit dem Auto in die Berge oder Sommerferien im Tessin genauso gehören wie Fremdenfeindlichkeit, repressive Erziehungsmethoden und streng gehütete Familiengeheimnisse.

Man kauft nicht bei der Migros ein und leistet sich für die Tochter eine Pflegemutter, da sich die leibliche Mutter aufgrund ihrer MS-Erkrankung nicht mehr um die Kinder kümmern kann. Doch die zwölfjährige Katharina passt sich nur vordergründig an und setzt sich zunehmend gegen jegliche Form von Repression und Verlogenheit zur Wehr. Dies jedoch lässt ihr Vater nicht zu.

»... darf man in dem in leichtem, flüssigem Parlando daherkommenden, vergnüglich zu lesenden Roman durchaus den seltenen Fall eines geglückten Stücks Erzählliteratur sehen ...« – Charles Linsmayer

Im November 1953 protokolliert die zukünftige Schwiegermutter der Erzählerin das Liebeswerben ihres Studienkollegen H., der sie mit seinem Ansinnen in Fragen und Selbstzweifel stürzt. 60 Jahre später finden sich die Aufzeichnungen unter ihren nachgelassenen Papieren in ihrer Zürcher Wohnung. Und die Erzählerin erinnert sich an deren Worte: »Du könntest doch auch einmal ein Buch über mich schreiben.« So beginnt dieser Roman mit den ersten Zeilen aus den Aufzeichnungen der Schwiegermutter, an ihrem 22. Geburtstag: »Seit einigen Wochen stecke ich in einem ganz verzwickten Dilemma und will nun versuchen, durch die Niederschrift dieser Geschichte einige Klarheit über mich selbst zu erhalten.«

Verbunden mit der Geschichte der Erzählerin (und dem Mondmann) ist auch der »persönliche Lebensbericht« ihres Vorfahren Hans Conrad Escher (1767–1823), Ingenieur und Erbauer des Linthkanals. Für seine Kinder schildert der Zürcher Bürgerssohn eindringlich, wie ein Liebeswerben gelingen – und wie es an den Abgrund führen kann.

Brigitte Helbling

Meine Schwiegermutter, der Mondmann und ich

Hardcover | 224 Seiten
ISBN 978-3-906304-95-3

Hans Peter Hertig

Von Arthur Miller via Simone de Beauvoir zu Duke Ellington
Eine Kulturgeschichte in 12 Begegnungen

Hardcover | 296 Seiten
ISBN 978-3-906304-32-8

Norman Mailer – Arthur Miller John Huston – Jean-Paul Sartre Bertolt Brecht – Walter Benjamin Hannah Arendt – Simone de Beauvoir – Alberto Giacometti – Henri Cartier-Bresson – George Balanchine Igor Strawinsky – Duke Ellington

Im Zentrum der 12 Kapitel des Buches stehen jeweils ein Begegnungsort und zwei Protagonisten. Deren Zusammentreffen kann zufällig erfolgt sein wie im Falle von Norman Mailer und Arthur Miller oder sich für ein gemeinsames Projekt ergeben haben wie bei Miller und John Huston. Immer sind es Persönlichkeiten aus verschiedenen Kultursparten, ein Schriftsteller trifft einen Dramatiker, dieser einen Filmregisseur, dieser wiederum einen Philosophen usw.

Wo kamen sie her und wo gingen sie hin? Welchen Platz im kulturellen Leben ihrer Zeit haben sie eingenommen? Was haben sie voneinander gelernt?

Grau ist nicht gleich grau. Diese von vielen als gleichgültig verrufene Farbe besitzt eine ganz eigentümlich packende Ausstrahlung. Wenn wir genau hinsehen, erleben wir sogar unser graues Wunder; überall werden wir auf diese Universalfarbe aufmerksam gemacht, und dabei ist es oft so, wie der Erzähler in Samuel Becketts »Der Namenlose« beobachtet: »Wenn ich es mir übrigens recht überlege, ist dies Grau ein wenig rosa.«

Severin Perrig flaniert durch die Literatur von den uralten Mythen über Goethe und Kafka bis Monika Maron und findet allerhand erstaunliche, aber auch sich widersprechende Vorstellungen zur Farbe Grau. So kleiden sich bei Thomas Morus in der sogenannt »grauen Vorzeit« Utopier in weiße und graue Uniformen. Grau steht für Sicherheit, Seriosität, Bescheidenheit und Introspektion, gleichzeitig sind die Grisetten der französischen Literatur des 19. Jahrhunderts und Christian Grey aus »Fifty Shades of Grey« alles andere als »graue Mäuse«.

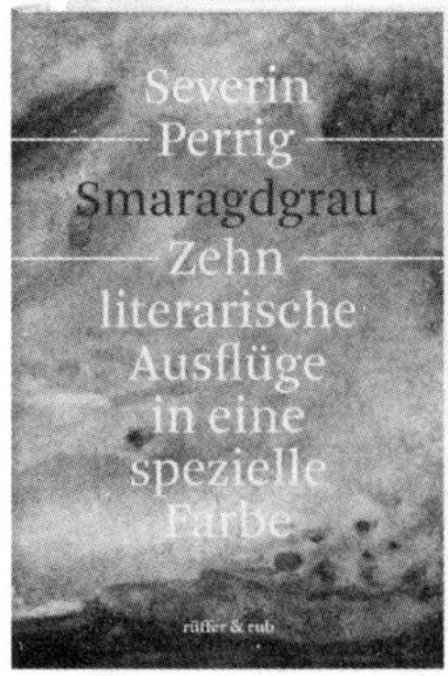

Severin Perrig

Smaragdgrau
Zehn literarische Ausflüge in eine spezielle Farbe

Hardcover | 192 Seiten
ISBN 978-3-906304-71-7

Bärbel Reetz

Berlin, Marienstraße 23

Hardcover | 268 Seiten
ISBN 978-3-906304-81-6

»Berlin, Marienstraße 23« ist die faszinierende Geschichte eines Hauses und seiner BewohnerInnen – genau so, wie sie hätte gewesen sein können. Wenn Häuser sprechen könnten, was würden sie uns erzählen? Die Autorin Bärbel Reetz wohnt an der Marienstraße 23 in Berlin und hat ihr Haus zu seiner Biografie befragt. Sie begab sich in Archiven, Büchern und im Internet auf Spurensuche und begann darauf aufbauend eine Geschichte zu weben.

Diese beginnt im Jahre 1828, als der Chemiker Friedrich Accum, der nach Berlin zog, um in London einer Haftstrafe zu entgehen, das Haus bauen ließ. Nach dessen Tod betrieb sein Sohn Fredrick Accum einen Delikatessen- und Teeladen im Haus, bevor der Arzt Karl Schweigger seine Augenklinik in diesen Räumlichkeiten einrichtete. Im Laufe seines langen Lebens wurde das Haus zudem von einem Schauspieler, einem Pferdehändler und einem Sexualwissenschaftler bewohnt und wurde, als die Rote Armee Berlin eroberte, gar als NKWD-Gefängnis genutzt.

»Seriöser älterer Herr sucht spätes Glück ...« Fräulein Franzen antwortet auf unzählige Kontaktanzeigen und lockt die Kandidaten zu einem Treffpunkt, wo sie die »einsamen Herzen« heimlich beobachtet.

Eines Tages wird Fräulein Franzen bewusstlos und schwer verletzt in ihrer Wohnung aufgefunden. Im Rahmen der Ermittlungen stößt Kriminalkommissar Schröder auf einen Aktenordner mit Hunderten von Briefen und anzüglichen Männerfotos. Hat sich etwa einer dieser Männer an ihr gerächt? Ein höchst brisanter Fall! Fräulein Franzen, die freundliche, alleinstehende Dame, hatte in ihrer Einsamkeit nämlich ein besonderes Hobby gefunden: Am Wochenende sichtete sie die Kontaktanzeigen in der Zeitung und antwortete mit liebevollen, höchst poetischen Briefen alleinstehenden Männern. Doch natürlich durfte es nie zu einem Treffen kommen. Ein gekonnt amüsantes Verwirrspiel, bei dem am Ende alles anders ist als gedacht.

Anne Rüffer

Fräulein Franzen besucht das Glück
Roman

Hardcover | 304 Seiten
ISBN 978-3-906304-92-2